謙緒 著

OH！我親愛的變身男友！

目次

序幕

放學後，在人潮熙來攘往的廣場前。

幾位眼中閃爍著興奮光芒的女高中生，有說有笑地望向百貨公司牆面上的大型電視牆，盡情欣賞偶像的迷人風采。

電視牆上，播放的是高人氣偶像藝人白曜衍的最新宣傳片。

他，白曜衍，迷妹迷弟們心目中的男神，透過鏡頭對粉絲們不吝惜地揮手燦笑。

這支宣傳片是幾個禮拜前預先錄製的。

但實際上，拍攝的時間並不重要，重要的是，導演成功捕捉住影片主角的魅力和自信，讓她們更瘋狂愛著他。

他有張俊美到令人窒息的白皙臉龐，精雕細琢般的精緻五官，長長的睫毛覆蓋在一雙深邃如黑夜的烏黑眼眸上，高挺鼻梁下是帶有玫瑰般紅潤色澤的嘴唇。

他那捲翹蓬鬆的亞麻色短髮，稍顯凌亂，卻更突顯其慵懶的獨特美感，帥氣中又帶點可愛的魅力。

這樣的他，全身上下，可說是完美無缺，幾乎沒有一絲瑕疵可挑剔。他是天生的衣架子，擁有一副精瘦修長的筆挺身材，渾身散發出旁人無法比擬的優雅氣質。

「天哪，會不會太帥了啊……」

「我見過本人哦！比影片好看千百萬倍，絕對是典型撕漫男，完全理想型！」

女孩們嘰嘰喳喳討論著，還不時發出興高采烈的讚賞聲。

然而，在毫無預警下，其中一位女孩的手機響起一陣急促的短訊提示音，打斷了她的思緒，注意力倏地被拉回現實。

「……喂、喂！」

半晌，女孩的聲音帶著哭腔，她焦急用手肘推了推身旁的夥伴。

「幹嘛？妳很吵耶，人家正在欣賞我耀眼奪目的曜衍哥哥呢！」

對方顯得不耐煩，沒留意到朋友的嗓音聽起來極不尋常。

「妳……妳看，騙人的吧？」女孩從口中艱難擠出字句，她的手劇烈顫抖著，差點連手機也握不好，聲音哽咽並斷斷續續說：「他……他……我妹說曜衍他……」

不知怎麼搞的，她實在說不出口。

同一時間，宣傳片上的白曜衍正對螢幕前的粉絲們道別，緊接著畫面便自動切換成Ｌｉｖｅ新聞了。

終於，她的朋友們這才轉過頭來。

她們納悶地盯著那位全身發抖並緊握手機不語的女孩，用責備的口吻說道：「唉唷！妳在發什麼神經？真的很煩耶！」

「對啊，妳妹怎麼啦？」另一位女生也跟著埋怨：「討厭！都害我看得不專心了！」

但朋友們沒來得及聽她解釋，電視牆便傳來新聞台緊急插播的新聞速報，她們的注意力全被吸引過去。

抬頭一看，只見畫面中的女主播面色凝重，但仍以專業沉著的口吻播送新聞：「……本台剛剛接獲最新消息，當紅人氣偶像白曜衍驚傳吞藥輕生，所幸被友人發現後，緊急送醫並報警處理，目前仍在昏迷當中。」

廣場前川流不息的人群，也被新聞台聳動斗大的標題吸引，紛紛停下腳步，好奇地駐足在大螢幕前觀看這則新聞快報。

「……本台記者在第一時間已與經紀公司取得聯繫，對此經紀公司發表緊急聲明，希望所有關心、愛護曜衍的粉絲朋友們不要過度擔憂……」

而原本的那群高中生，則露出深感驚愕的悲痛表情，其中一人還不斷呢喃著：「怎、怎麼會這樣？假的吧？」

「……詳細原因尚未明朗，仍有待警方進一步調查釐清……」

除了各大電視台的緊急新聞插播外，網路及社交媒體，也一一轉發了這項訊息。

「聽說現場有發現遺書耶，肯定是想不開吧？」

「好可怕！怎麼會這樣？希望他不會死！」

這件事，一度引起了網路上的騷動和熱搜，但尚處於昏迷狀態的當事人，卻毫不知情……

第一章

愛情，是擾亂人心的不速之客

1

狹窄的長廊上，有人死命狂奔，彷彿正與即將降臨的死神競速。

情急之下，她差點撞上迎面而來的路人，只能匆匆丟下一句抱歉。

她，言允恩，不顧一切地急速向前奔跑。

手機被她強烈顫抖的手貼附於耳際，耳邊不斷響起重複好幾次的來電答鈴聲，卻始終無法聽見電話被接通的聲音。

淚水浸濕她早已哭腫的雙眼，眼前的視線趨於模糊，她幾乎快看不見前方，膝蓋發軟，但她仍舊不想放棄，只能勉強自己繼續沒命似的往前跑。

「別、別死……千萬不能死！」這句話，幾乎不曉得是對誰說。

她的腦海裡同時浮現兩抹熟悉又摯愛的身影，兩人在她的生命中同等重要，一邊是難以割捨的友情，一邊是至為珍貴、無可取代的愛情……

2

——這世界上，真有心靈感應這回事嗎？

隱約之中，他，白曜衍，彷彿聽見有人在不遠處呼喚他。

他猛地睜開雙眼，從昏迷中驚醒過來。

恍惚中，透過模糊的視線，他發現某人倒臥在地……周圍盡是怵目驚心的飛濺血跡。

他毫不猶豫衝上前，嘗試想拯救對方。

不料，在這轉瞬之間，撕裂般的強烈痛楚迅速蔓延全身，似是靈魂被強制抽離身軀般劇痛……

不知道怎麼回事，下一秒，他赫然驚覺自己瞬間變身為那位應被救的瀕死之人，躺在血泊之中，鮮血不停從手腕傷口的裂痕內湧出。

「可、可惡……」

他奮力想從地上爬起來，卻支撐不起身子，整個人癱軟在地，十分無助。

他聽見在這個燈光昏暗的空間裡，有道陌生的手機鈴聲重複響著，對方非常不死心地想讓電話被接通。

只可惜，他無力驗證對方的決心，更別說勾著那台不見蹤影的手機。

不光是如此，房間裡還同時迴盪新聞報導的播報聲，有人刻意讓電視持續開著。

很奇怪，儘管視線模糊，但他的聽覺卻變得異常清晰。

時間也流動得很慢。

電視裡的聲音不疾不徐說著：「……驚傳輕生的當紅人氣偶像兼模特兒白曜衍，昨晚被友人發現後，已緊急送往醫院急救，但目前尚未脫險，深陷昏迷……」

停頓數秒，新聞台又持續播報：「根據情報消息指出，白曜衍疑似因演藝事業壓力大，長期患有失眠的症狀，經常需服用安眠藥來幫助睡眠。友人受訪時透露，他的情緒近來不太穩定，疑似有輕生的念頭……」

——「醫院急救」？

——「深陷昏迷」？

——「輕生」？

他吃驚地思忖這些詞。

這個地方一點也不像醫院。

他根本不曉得這該死的地方是哪裡。

一時之間，他無法理解究竟發生了什麼事，思緒一片混亂。

但重點是……「輕生」？

他絕對不會幹出這種事。

即使如行屍走肉般活著……

忽然，門外傳來一陣急促慌亂的腳步聲，接著是鑰匙碰撞聲及插進門鎖的聲音。

緊接著，有人用力推開門，衝進房間。

隨之，門外一道刺眼的光線朝他射來，致使他一時之間看不清來人的臉孔。

不出多久，外頭甚至還傳來救護車的呼嘯聲——

這種感覺，讓他感到似曾相識，完全像是重播的片段。

宛若在不久前，也曾上演過類似橋段，但他卻完全想不起來上一次是發生在何時。

而他漸漸感覺眼皮沉重，昏昏欲睡，全身的力氣像是被扎了針的氣球正在流失，生命似乎也即將走向盡頭……

「別、別死啊！」

在雙眼快要閉上的那一霎那，有道纖瘦人影衝到他身邊，跪倒在地哭泣，同時用顫抖的熟悉嗓音對他發出嘶啞的吶喊。

依稀見到一張久違又想念的臉孔，他想伸出手撫摸她因驚嚇而蒼白不已的臉蛋，然而，想動卻動彈不得。

他懷疑這只是一場夢，她不可能會出現在他身邊……

最可悲的是，這若是夢，也只會是一場惡夢。

因為當他闔上雙眼前，他親耳聽見她口中所叫喚的人，並不是他，而是另一個人的名字：

「池安冉！」

3

三年前——

時間往前回溯三年，當時稚嫩的他們才十四歲，就讀國中二年級。

三人永遠都記得初次見面的那一天……

池安冉，這個人，曾經是白曜衍最喜歡的好朋友。

說到「喜歡」，喜歡和愛是不一樣的。

自從國一時，被他從一堆蠢蛋手中救出後，這個白痴池安冉從此就跟定他了。

這個一天到晚黏在他身邊的死黨，在某天下課後，神祕兮兮附在他耳邊對他透漏一個宛若天大消息的小祕密。

「白曜衍，我只跟你說，不可以告訴別人哦。我家今天會有一個新成員，你待會放學時一起跟我回家吧？」

斜靠在教室後方牆邊的白曜衍一邊滑手機，一邊心不在焉回答：「哦？新成員？你養小狗嗎？還是小貓？」

池安冉那張俊秀的臉龐浮現微微紅暈，靦腆傻笑幾聲，然後又壓低聲音否認：「不是小貓，也不是小狗，是……是人。」

「人？」白曜衍停下手邊的動作，抬起眼，困惑地問：「難道你媽幫你生了個妹妹或弟弟？可是我前幾天去你家的時候，你媽媽看起來不像懷——」

「不是啦！」池安冉尷尬地搔搔頭，卻又難掩興奮神采：「應該算……應該算借住在我家，我媽媽說不管借住多久都可以。」

「……你媽真的這麼說？你媽是瘋了嗎？」白曜衍腦海中閃過幾幕在電視劇裡常見的畫面和對詞，他深吸一口氣，將手機收回口袋，定睛直視池安冉那雙如小狗般無辜的澄澈眼眸，認真地問：「你爸知道這件事嗎？」

只見池安冉猛點頭：「當然啊，是他們兩個一起決定的。」

白曜衍嘆口氣，搖了搖頭，從牆邊直起身子，單手搭在池安冉的肩膀上，低聲說：「欸，我說，你還真可憐……我看那個人，根本不值得你高興，八成是你爸還是你媽在外頭偷生的小孩吧。」

「不是啦！長得……長得又不像，」池安冉低下頭，連耳朵都紅起來了，停頓片刻，才接下去說：「照片上看起來……長得很可愛。」

「可愛？男的？女的？」白曜衍揚起眉毛問。

「是……是女生。」池安冉說得一臉害臊，連搭著他的肩的白曜衍都忍不住起了一陣莫名的雞皮疙瘩。

「可愛？你是沒見過女生嗎？傻瓜！」白曜衍冷哼一聲。

不知怎麼搞的，他忽然覺得心裡很不是滋味，有一種好友快要被搶走的錯覺，卻又不想承認。

「她真的很……可愛。」池安冉小聲嘟噥。

「哼，光照片而已就可以讓你樂成這副德行？你是變態嗎？再說，你見過她本人嗎？」見好友露出羞澀神情，白曜衍翻翻白眼，故意壞心眼吐槽：「聽說有的人，照片和本尊長得相差十萬八千里。算了，我今天會去你家，幫你仔細鑑定一下，到時候你可別哭著埋怨你爸媽背叛你。」

池安冉不再反駁，不管白曜衍怎麼說，都無法破壞對方在他心目中已然建立的好形象。

接連上了好幾堂課，白曜衍都無法專心上課，反而成為最等不及去見「新成員」的傻瓜。

他並不像池安冉抱持著萬分期待的心情，而是感到煩躁不安。

他最討厭玩具被搶走的感覺，儘管在學校不愁玩伴，但要找到像池安冉這種類型的朋友沒那麼簡單。

至於，池安冉究竟是屬於什麼類型？他實在也說不上來。或許以「投緣」兩字來形容，還算貼切。說起來，白曜衍很喜歡池安冉像隻忠心耿耿的小狗狗，隨時繞在自己身邊不停打轉的模樣。

他相信，不管發生任何事情，池安冉絕對不會背叛他。

好不容易撐到放學時間，白曜衍迅速收拾好書包，走到池安冉旁邊，只見對方正小心翼翼將一堆書本硬塞進書包。

白曜衍伸手搖晃池安冉的肩膀，不耐煩地催促道：「喂，快點，不是要去見那個女生嗎？」

「白曜衍，拜託……請你小聲點，萬一被其他人聽到，會很不好意思。」池安冉神色慌張地左顧右盼。幸好教室裡的人潮已經散得差不多，他這才鬆了一口氣。

「哼，還知道不好意思是吧？」白曜衍蹙眉嘀咕，露出嫌惡的表情。

放學回家途中，池安冉心情雀躍得很，一路上都旁若無人哼著歌，完全不把白曜衍的壞心情當作一回事。

這倒是頭一遭。

白曜衍這才恍然明白，原來這世界上，真有人光看照片就能一見鍾情。

光想到池安冉這麼容易上鉤，白曜衍就覺得頭皮發麻。

在此之前，他本來還以為池安冉的世界只繞著他轉。

萬萬沒想到，他倆之中竟會闖入一名不速之客。

更誇張的是，這名不速之客，居然會輕而易舉地澈底改變他們的世界。

她，不僅打亂所有既定的秩序，還擾亂了他們原本寧靜的心湖。

4

「伯母，打擾了！」

一進屋，白曜衍就朝正坐在沙發上的池媽媽主動打招呼。

池媽媽向來都會頻頻讚許白曜衍是個有禮貌的孩子。

但今天卻很不尋常。

一見著白曜衍的身影，原本端坐在客廳裡聊天的池媽媽，突然僵住笑意，尷尬地朝站在白曜衍身旁的兒子瞪了一眼，眼神中有著難以理解的複雜情緒。

白曜衍從眼角偷偷瞄向身旁的好友。

只見池安冉貌似心虛地搔搔頭，表情同樣尷尬，杵在原地不知所措。

白曜衍抿抿嘴，冷冽的目光移向池媽媽身旁的沙發椅，發現那裡早被不速之客霸占。

這位早就被他在心中不知咒罵過多少次的不速之客，纖瘦的身子縮得很小，像隻剛被撿回來的小貓，對新環境感到不安和不自在。

儘管如此，她仍勇敢地勉強自己抬起頭，用那雙小鹿般清澈無辜的大眼好奇打量他。

當他們四目交接之際，世界彷彿靜止了。

在她眼中，白曜衍身材高挑修長，光潔白皙的臉容，美得令人屏息，但令人不解的是，他那雙深邃精緻的眼眸卻透著難以言喻的戒心。這是他帶給她的第一眼印象。

就在她專注凝視他的同時，白曜衍則腦海空白恍惚，臉頰難堪地發熱。

他整個人呆住了。

原來，池安冉並沒有說謊。

與他們年紀相仿的她，有張如洋娃娃般白皙漂亮的臉龐，不可思議的精緻五官，超凡脫俗的纖細外貌，宛若是從其他時空誤闖人類世界的精靈女孩。

「……我沒騙你吧？」池安冉打破沉寂，轉過頭朝白曜衍眨眼，亟欲尋求認同。

白曜衍呆愣在原地，一時之間，他啞口無言。

重點是，目不轉睛的他不知該如何移開視線，太過緊張以至於全身上下的神經都不聽使喚了。

打從國中剛入學，他就擊敗眾多同儕和學長們，一舉奪下校草的王者寶座，在女同學眼中，白曜衍是對任何人都不屑一顧的校草。自戀的他，對此也總是怡然自得。然而，這樣的他，卻難以解釋此時的複雜心情。

他不希望被誤會成膚淺的人，只因對方漂亮便愛上她。

也許是因亟於想掩飾自己的不自在，他竟當著眾人的面，不受控制的冒出這幾句該死又言不由衷的話：「哼，長、長這樣？長得真好笑！池安冉，你、你眼光有問題……我還……我還寧可回家打電動！」

這些話，他說得很彆扭，但口氣在外人面前卻聽起來很輕蔑。

事實上，他想說的話正好相反，但口是心非的他，卻因嘴硬而無法在眾人面前坦白。

現場氣氛瞬間凍結，陷入一片死寂。

白曜衍艱難地挪動躊躇不安的腳步，心臟加速到快要爆炸的他，冒出想拔腿就跑的愚蠢念頭——

沒料到，正當他正打算不負責任逃離現場時，言允恩卻打破沉寂開口：「長得很好笑又怎樣，礙著你了嗎？」

白曜衍沒料到她竟對自己的漂亮外貌毫無自覺，他完全無法理解。

他心想，倘若不是裝模作樣，除非是……除非是……

「腦殘。」他聽見有人這麼說。

間隔幾秒的短暫思考，他才驚覺聲音的來源出自於自己的嘴巴。

完了，他的嘴巴竟肆意的胡亂運作。

他想快速摀住自己的嘴巴，唯恐下一秒會脫口而出一些亂七八糟的話，但全身僵硬，腦袋熱到快冒煙，只差沒冒出蒸氣……

聞言，坐在沙發椅上的她低下頭去，雙拳撐在蓬蓬裙的裙襬上，像隻楚楚可憐的小貓瑟瑟發抖——

白曜衍很擔心言允恩會突然嚎啕大哭，忍不住在內心咒罵自己是萬惡不赦的混帳。

驀地，她抬起頭，從沙發椅彈跳起身，咬牙切齒指著他的臉大叫：「你才腦殘，討厭鬼！你長得更好笑！」

毫無畏懼的她，聲音激烈顫抖，眼神中帶著澎湃凌厲的怒意。

即使在她眼裡，白曜衍長得一點也不好笑，但基於捍衛自尊，她仍不甘示弱的反嗆回去。

他這才明白，原來她是氣到發抖，根本不是害怕。

說也奇怪，就連罵人，她的聲音在他耳中，聽起來都異常悅耳。

最後，顧及死要面子的愚蠢尊嚴，白曜衍又賭氣回嗆兩句：「哼，白、痴！可笑的笨、蛋。」

直到晚餐過後，他倆仍不斷像一對冤家似地隔桌互嗆。

5

當天晚上七點多，晚餐過後，在池媽媽接送白曜衍返家的同一時間，留在家的池安冉和池爸爸領著言允恩，走進從今以後專屬她一人的新房間。

為了營造神祕感，池安冉還調皮掩住言允恩的眼睛，說要給她驚喜。

走到臥房中心點，站在她身後的池安冉倏地放開手，她抬起頭，環顧四周，驚訝發現這間房間已被池家精心布置過。

基本上，看起來和她以前生活的臥房無異，一點也不陌生，只是粉紅色的床頭櫃上，多出幾隻軟萌的熊寶寶布偶，為新房間增添不少溫馨感。

「允恩，妳不必急著叫我爸爸，妳才剛到我們家。可以叫我池伯伯，像以前那樣，沒關係。」池爸爸走上前輕拍她的肩膀，笑容慈祥的說。

言允恩的家庭因財務危機發生重大變故，雙親被逼到走投無路輕生離世。

身為律師的池爸爸是她家的多年老友，也曾經辦理過她家的案件。

於是，在強烈同情心使然之下，他和池媽媽商量後，決意排除萬難收養言允恩。

「妳……妳可以直接叫我池安冉，不必叫我哥哥。」站在書櫃旁的池安冉羞澀地搔搔頭，他覺得連名帶姓稱呼或許可以減少彼此之間的尷尬。

池爸爸接著說：「允恩，以後我們都是一家人，相處上不必拘泥，有話直說。有任何不滿意的事情，都可以隨時提出來哦，心事也不要憋在心裡，只要有煩惱都要說，我們一家人可以一起想辦法解決，知道嗎？」

聽完這番話，太過感動的言允恩眼眶一陣酸澀，連日以來壓抑已久的悲傷和絕望，伴隨著潰堤的淚水終於得到宣洩。

事實上，今天一到池家，她本來很焦慮不安，深怕無法融入新環境，沒想到卻受到如家人般溫馨的待遇。

特別是剛才在晚餐時，這一家子全程努力振奮她的情緒，一舉一動都盡力想讓她開心。

就連那位看起來態度傲慢的客人白曜衍，雖然和她從頭吵到尾，可是他卻一邊吵一邊將餐桌上所能搜刮到最可口的飯菜夾進她的碗裡，還硬是隨便扯了個藉口：「言允恩，妳太瘦小了。要當我的冤家，最好長得高大些，以後才能跟我抗衡。」

而現在，池爸爸和池安冉一見到她哭，馬上慌了手腳，又是抽面紙給她，又是輕拍她的背，試著安撫她之餘，還不忘指責對方是誰惹她哭。

父子倆幼稚的鬥嘴模樣，讓眼角噙著淚的言允恩忍不住破涕為笑。

「謝、謝謝你們。」

曾經，言允恩以為自己在一夕之間淪為這世界上最不幸的人，本以為悲慘日子不會有結束的一天，沒想到，她卻遇到了這群溫暖的人，除了感激之外，她想不到有什麼更適當的詞可以形容內心的感受。

原來她還有機會重拾幸福，沒有被澈底遺棄。

而當她懷著這份感恩的心情，準備提前上床就寢時，池安冉又藉故跑來她的房間，表明自己有很重要的話想告訴她。

關上房門後，池安冉突然滿臉通紅對站在眼前的言允恩坦言：「除了父母之外，白曜衍是我在這世界上最喜歡的人……他對我來說是很特別的存在。」

「啊？」一時之間，言允恩會意不過來，絞盡腦汁思考著池安冉話中想表達的含意。

旋即，池安冉忽然又劈哩啪啦地說：「我的意思是，他是我最崇拜的人……要不是他的出現，我大概會一直脫離不了邊緣人的命運。國一時，我因為個性比較……內向的緣故，所以常常被欺負，他不顧一切挺身救我，還跟那些人狠狠幹了一架。不是我在吹牛，白曜衍他呀，超級會打架，只要一出手，從來沒有輸過喔！很厲害吧？我以前從沒想過，像他那種人，居然會想跟我做朋友……他在我最徬徨不安的時候給我溫暖。要是他說了不好聽的話，妳不要在意。雖然他平常嘴很賤，但他其實口是心非，外冷內熱。」

「他的確嘴很賤，還說我長得很好笑……」言允恩頗為在意的低聲回答。正如同白曜衍所想，她對自己的外貌缺乏自覺。

「別信，他騙妳的！」池安冉抖動肩膀笑了幾聲反駁，又立刻興奮地接下去說：「我是獨生子，就算爸媽很疼我，但沒有一起玩的兄弟姊妹，從小到大都覺得很孤單，我真的很高興妳能成為我的家人，我的妹妹。我之所以提到白曜衍，是因為他是我最喜歡的好朋友。而我現在更幸福了，因為妳來到我們身邊。從今以後，妳也會是我最喜歡的另一個人。雖然言之過早，也沒辦法保證白曜衍會乖乖聽話，不過，我還是想把這份友情與妳分享，邀請妳一起加入我和他的世界，以後妳不再是自己一個人了，我和他會一起給妳幸福，我們三個要當永遠的好朋友。」

那晚，池安冉為了證明自己的決心，還和言允恩打勾勾，約好從今以後三人要一起幸福。

然而，這時的言允恩，心裡仍對白曜衍存有疑慮，雖然白曜衍在晚餐中有稍微釋出善意……但她始終忘不了對他的第一眼印象。她隱約覺得白曜衍這人似乎具有難以言說的矛盾性格，宛若黑夜和白晝的反差，但卻說不上來是為什麼。

她很想進一步了解他，對他的好奇，在這一晚，悄悄埋下想一探究竟的種子。隨著一天一天的相處逐漸萌芽，速度比她想像的還要來得快，直到最後竟一發不可收拾地蔓延整片心田……

6

就在言允恩參觀新房間的同時，白曜衍正在池媽媽開車送他返家的路上。

沒頭沒腦說了很多差勁的話，本以為會被池家列為永不往來黑名單，沒想到事情的發展卻出乎他的意料之外……

「曜衍啊，今天很謝謝你，原本允恩剛來我們家的時候，心情還很消沉，有你跟她熱鬧的鬥嘴，她的精神都振奮起來了。」池媽媽邊開車邊說。

天色已晚，本來白曜衍想打電話請家裡的司機來載送，池媽媽卻堅持要親自送他回家。

當車子正停在某個十字路口等紅綠燈時，池媽媽突然以憂心忡忡的口吻對他說：「對了，有關今天的事，我可以請你幫個忙嗎？」

「幫忙？幫什麼忙？」白曜衍疑惑地問，視線從窗外移回車內。

「是這樣的，雖然你常來我們家，遲早會跟允恩見面，不過我原本不打算那麼快讓你們認識……想先讓允恩適應我們家，等到心情調適好，再認識新朋友。」池媽媽目光凝視前方，正在思量該怎麼切入重點比較妥當，隨即她又補充說：「不過，安冉這孩子個性很急，又把你當成無所不談的好朋友，只要有新的事物就想急著跟你分享。我明明早就跟他交代過了，他還……唉！」

她不直接切入重點，反而一副拐彎抹角的態度，白曜衍聽得滿頭霧水，但基於想挽回剛才損失的形象，他決定不插嘴，保持沉默繼續聽下去。

「其實呢，允恩這孩子啊，她的雙親……這麼說好了，嗯，目前去了很遙遠的外地旅行，所以，在他們回來以前，都會暫時寄住在我們家。」話說到一半，她看了白曜衍一眼，旋即又問：「我們家安冉，白天在學校的時候，應該沒跟你提過這件事吧？」

「沒有。」白曜衍不解反問：「怎麼了嗎？」

池媽媽一聽到他回答沒有，像是鬆了一口氣，這時適逢綠燈亮起，她踩下油門，讓車子重新往前行駛。

池媽媽猶豫了一會兒，才說：「我知道這樣說不是很恰當……可是，阿姨想請曜衍不要跟你家人提起這件事。」

「哪件事？」他皺起眉頭問。他不明白池媽媽要他保密哪件事，是池家收養言允恩的事嗎？或者她雙親出遠門的事？

但最令他困惑的是，為何那對父母相偕赴外地旅行，卻放任孩子寄宿別人家，甚至沒有回來的時限。

他忽然有點坐立不安。

內心莫名的升起對她感到不捨的同理心。

他希望自己澈底猜錯了。

「反正……就是所有關於允恩的事，」池媽媽瞥了他一眼，發現他滿臉疑惑，馬上改口說：「希望曜衍不要對……對外張揚。不只是對你家的人而已，其實我們不希望太多人知道這件事。那孩子啊，嗯，雙親去外地出差。」

池媽媽的說法一變再變，更加深了他的疑惑。

不過，就算滿腹疑惑，白曜衍仍識相地點點頭，允諾池媽媽的要求：「我懂了，我不會說的。」

「謝謝曜衍啊，阿姨我真的很感謝你，真的很懂事。」聲音中充滿無限感激。

她空出一隻手摸摸白曜衍的頭，似乎真覺得他很懂事。

白曜衍又問：「對了，這件事，言允恩她知道嗎？我是說，她家人去……出差的事。」

然而，心事重重的池媽媽卻選擇避而不答，視線望向擋風玻璃外，對著前方夜空中閃爍的微光笑了笑，自言自語的喃唸道：「允恩啊，她和曜衍一樣，都很懂事。」

7

其實，就算池媽媽沒有發出請求，白曜衍也不會把言允恩的事對家人說。沒什麼好說的。

當晚返家後，走進客廳，那位名義上的母親，正對一起坐在沙發椅上慢慢品酒的父親，高聲大嚷：「幹嘛手下留情？春風吹又生，這句話你聽過嗎？虧你還是個在商場上叱吒風雲的男人！」

父親聳聳肩，將臉湊近手上的酒杯，滿意地深吸一口氣，接著才緩緩回答：「都已經全部照妳說的做了，妳到現在還不滿足嗎？」

「全部？哈！笑死人了！」養母手一擺，面露鄙視，也跟著倒了一杯酒。

照這兩人話語中，陸續提及的關鍵字，白曜衍推測大概又有哪個倒楣鬼遭殃了。

從小到大，類似的對話他已經聽過無數遍了。

通常，只要被她盯上的任何人，都得死。被惡狠狠地搞死。

當然，動用權勢與人脈關係，遊走於法律邊緣，不用刀槍，就能殺死一個人，迫使對方漸漸地走上絕路。

成長在名門財閥世家的白曜衍，在外人面前看來，也許風光，令人稱羨。甚至會想跟他交換人生。然而，若知道內幕的人，恐怕就會望之卻步了。

因為，他只不過是個寄人籬下的私生子。

實質上的生母，在他很小的時候就不在了。

他在新家也很安分，雖然養母習慣耍脾氣，對人頤指氣使，但他完全可以理解，畢竟他是小三的兒子。

就是所謂那種父母在外面偷生的小孩。

他，羞恥又見不得光的可悲產物。

父親肯定是瘋得澈底，才會誤以為養母願意真心接納他。

曾聽聞母親是父親學生時代的初戀情人，而養母則是父親商業聯姻的結婚對象。

母親不在身邊的那一天，孤苦無依的白曜衍，應父親的執意要求，他被帶回家扶養，上頭還有一個年長他三歲的哥哥，目前就讀一所私立貴族名校。

各自的母親都不一樣，但無可置疑的都是美人胚，生下的兒子也都是公認的優秀和高顏值。

該解釋成家族遺傳的神基因嗎？

血緣一半的哥哥，在學校不僅同樣是高智商的學霸，也是超受歡迎的風雲人物。

至於，一家人感情和睦嗎？

白曜衍不曉得。

只知道雙親的話題時常圍繞在收購、併吞上，動不動就想搞垮其他公司，無所不用其極。

而哥哥，總是對他避而遠之，盡量避免眼神上的接觸。

家族的黑暗面，還真有辦法寫成一部勾心鬥角的小說，說出去也沒有人會相信。

正因如此，所以他總是喜歡跑到同學家尋求慰藉。特別是池安冉的家。

耍任性的地方，除了家以外，任何地方都可以。

在外盡情放肆的惹事生非，在家則用冷眼旁觀的姿態漠然以待。

如同白晝與黑夜，有著極大反差。

儘管如此，若可以重來的話，他寧可選擇不被帶回家扶養。

他認為，家裡的大人們未免太過虛偽、矯作，表面上覺得當初孤苦伶仃的他很可憐，所以執意要接他回來住。

甚至還用自以為仁慈的方式對他伸出援手，給予他希望的假象。

隨後，他們卻又不情願付出足夠的愛，反而殘忍的放任他獨自一人承受著不被認可的仇恨與絕望。

他寧願像隻無家可歸的小貓或是小狗，耐心等待。等待終有一日，某個真心愛著他的主人會接他回真正的家。

一個充滿愛與關懷，相互呵護的家。

「曜衍，回來啦？」養母放下酒杯，輕嘖了一聲，她用詞尖酸的說：「不要整天都跟你那個叫什麼池什麼的朋友廝混在一起，他那個律師爸爸專辦一些沒什麼長進的案子，家教不好，兒子長大以後八成也不會有什麼出息。」

父親搖頭嘆氣的說：「好啦，妳少說幾句吧，他想跟誰一起玩，是孩子自己的事，管那麼多。妳要是真的關心他，早把他送去跟哲揚上同所學校了吧。」

「我怕謠言會亂傳嘛，要是被人知道……就算是國中部和高中部分開上課，也不免會產生流言蜚語——」

父親心煩意亂的瞅了她一眼，手用力一揮，制止養母繼續說下去，同時對白曜衍使了個眼色命令道：「算啦，曜衍，快回房間去，好好準備明天的功課。」

回到房間，關緊房門，白曜衍獨自站在漆黑一片的房間裡。

這一刻，他那雙厭世淡漠的眼眸不管睜眼或閉眼，所見都毫無差別，就像處於不見光的漫漫長夜裡。

他，這個人，有或沒有都一樣。

彷彿不點燈，就能從此消失無蹤，與黑暗澈底融為一體。真好。

他忽然覺得自己當下的處境，和那個不懼怕與他鬥嘴的言允恩，如出一轍。

都是寄人籬下。

可是，唯一的差別，就是她擁有一個只要是心煩了，隨時可以躲回去供她訴苦的新家庭。

而他，從來就沒有。

第二章

終於，如夢似幻般重新與妳相遇

1

他睜開眼。

天花板。白茫茫一片。

這回，室內光線明亮。

從床邊的擺設來看，顯然是醫院的病房。

睡眼惺忪的他，發現手腕包紮層層繃帶，只要輕微一動就感覺疼痛，想必當初劃的力道很強，傷口也很深，而麻醉藥也早已褪去。

說來諷刺，他好久沒睡得那麼沉了。

側過身，他察覺有人坐在床邊，那張半趴在床板上的小臉蒼白無血色，微張的唇瓣規律吐息，似乎好不容易在沉睡中得以喘息。

他不由自主瞪大雙眼，耳根子一下子不爭氣地紅了。

距離上次見面，是三年多前了。不多也不少。

如今，正值十七歲的她，言允恩，仍一如往昔的迷人，甚至變得比記憶中來得更加搶眼。比起當時稚氣未脫的青澀模樣，增添更多少女的優雅氣質。

他的心跳，無可救藥地瀕臨失速。

光是這個距離，就讓他胸口壓抑著一股難以言喻的窒息感。他不想吵醒她，以免被她察覺他的不對勁。

然而，不知道是否可以解釋為心靈相通，她倏地睜開雙眼，像是被喚醒。

她的眼神中滿是憂慮、疲憊卻同時夾雜著……困惑。

抬起頭的她，緊盯他的臉仔細瞧了好半晌。

在她眼前，這位剛從自殺倖存下來的少年，他那張俊秀蒼白的臉龐泛紅，眉眼之間透著難解的憂傷和茫然，這模樣並不足以為奇。

然而，她卻不明白為何他看她的眼神變得和平時很不一樣，令她覺得莫名熟悉，彷彿是被某人附身。一瞬間，她還以為自己看走眼了。

言允恩揉揉疲憊的雙眼，暫時撇開疑惑，見他醒來，總算鬆了一口氣。

她帶著虛脫的感慨說：「你終於醒了……覺得好多了嗎？」

「妳、妳怎麼會來？」一開口，他聽見的是陌生卻又熟悉的沙啞嗓音。他猜想也許是喉嚨過於乾渴，嗓音才聽起來不像自己的聲音。

而她認為他問了愚蠢至極的傻問題，忍不住責備：「你該不會全都忘了吧？要我提醒你嗎？你因大量失血而陷入昏迷……嚇死我了，怕你再也醒不來！」

「……我本來要救自殺的——」話說到一半，他忽然自動住嘴，因為他自認接下來要說的話，很不合理。

印象中，他吞了一些藥，醒來後便莫名出現在陌生的昏暗房間。更詭異的是，三年未見的她，竟現身救他，而且還用某人的名字叫喚他……對這一切，他感到匪夷所思。

「是啊，你應該救救你自己，記得上回媽媽哭得多傷心吧？那次她還因此心臟病發！這次你送醫動手術的事，我和爸爸都嚇得不敢先跟她說！幸好你沒事！」她痛苦的低喊。

「……媽媽？」他怔怔地問：「怎麼可能？」

他從來沒想過養母會為他流下一滴淚，更別說是哭得死去活來。

正當他撐起身子，想搞清楚狀況，有人冷不防推開門走進來，原來是來巡房的醫生和護理師。

醫生直直走到他床前，皺起眉頭，嘆了好長一口氣：「池安冉，真糟糕，都快變老面孔的熟客了，別這樣啦！年紀輕輕就想不開，自殺是不對的。」

「池、池安冉？」他驚呼，聲音仍氣若游絲。

醫生搖搖頭，沒搭理他，自顧自喃唸著：「都怪最近有個叫白什麼的藝人自殺，真是無奈，做了最不良的示範！」

一旁的護理師笑著補充：「叫做白曜衍啦，醫生。白曜衍可是現在當紅男神，連他的名字都不知道，就落伍囉。」

「我？我根本就沒有自殺，那是誤會一場。」白曜衍著急的說。

醫生指著他的手腕，又好氣又好笑地駁斥：「還敢狡辯？你看看自己的手……都傷成這麼嚴重了，哼哼，還是我親自幫你縫的。池安冉，你是睡迷糊了嗎？」

他低下頭，望向自己的手，忽然覺得這隻手看起來很陌生。

剛才一醒來，由於睡眼惺忪，並沒有馬上察覺異樣。

現在看來，這隻手光是膚色就跟他有微妙不同，更別說除了包紮處之外，手臂上還有許多舊刀痕……

「我不是池安冉……池安冉是我以前的朋……」猶豫一下，他才又萬分艱難地勉強提高了些許聲量：「池安冉是我以前的同學，我是白曜衍，我沒有自殺。」

半晌，他聽到周圍人群發出竊竊的耳語聲。環顧四周，其他床位的病人和探視者，都不約而同將視線投射在他身上。

「可憐啊，都病到神智不清了……」

「唉唷，會不會是幻想自己就是白曜衍本人？」

「有可能哦，所以才會跟著模仿吧？」

話語中夾雜濃濃的同情意味。

他反射性轉頭望向言允恩，迫切地想尋求她的認同：「妳……妳相信我就是白曜衍吧？」

但她卻默默無語凝望他，緊抿著嘴，強忍悲傷，隔了好久，才又輕輕搖頭，淚水不止歇順著她的臉頰滑落。

可悲的是，他竟分辨不出，究竟這些眼淚，是為誰而流……

2

從昏迷狀態甦醒過後，白曜衍又勉為其難地持續在醫院休息一段時間，與此同時，手上的傷正緩慢癒合。

住院期間，言允恩和池爸爸為了不讓池媽媽擔心，瞞著池媽媽輪流來醫院探視白曜衍。由於他們想避免家裡的池媽媽起疑，加上言允恩和池爸爸都各別有學業和工作要顧，每次來訪都只能匆匆探視，無法停留太久。

這段期間，起初，白曜衍總是反覆強調自己不是池安冉，而是白曜衍本人。醫生卻判斷這可能是因自殺失血過多後昏迷，加上身心創傷，所引發的暫時性失憶。

隨著待在醫院的空虛感逐漸擴大後，白曜衍雖然仍百般無奈沒人願意相信他所說的話，不過為了盡快獲得主治醫生的出院許可，他只好暫且壓抑內心的情緒。

出院的那一天，池爸爸從繁忙的工作中抽空過來醫院辦理手續。

剛辦妥出院手續，從醫院走出來的池爸爸，在陽光下的模樣更顯憔悴。

站在馬路邊，池爸爸替他們招了一台計程車。

「安冉，抱歉啊，爸爸這幾天接了一個重要的棘手案子，事關能否洗刷對方的冤屈，所以要馬上趕去法院打官司。」池爸爸用略微哽咽的聲音，抬起頭望著保持靜默不語的白曜衍。

白曜衍只是怕一開口說錯話，又會傷到池爸爸的心。雙手插在口袋的他，裝出若無其事的態度，往一旁川流不息的馬路隨意張望，完全不像剛從醫院出院的自殺病患。

池爸爸側過身，交代站在白曜衍身旁的言允恩：「允恩啊，安冉就麻煩妳了，你們坐計程車回家吧，錢在這裡，路上小心哦。」

「爸！」接過池爸爸手上的鈔票，言允恩不捨的喚了一聲，並輕聲叮囑：「爸爸也要小心，記得今天也別加班太晚。」

於是，在池爸爸的目送下，他們相偕坐上計程車。

車上，言允恩不發一語，只是靜靜撇過頭去望著窗外發呆。

先前在醫院裡，她眼中的哥哥雖然不再強調自己是白曜衍，但他的行為舉止卻很反常。三年來，她為了白曜衍的事，幾乎天天以淚洗面，這點池安冉最清楚不過，怎麼還會假裝自己是白曜衍？不外乎是往她和他心中無法癒合的傷口撒鹽……

而此時坐在她身旁的白曜衍，同樣也正思索著發生在他身上的怪事。

好不容易擺脫醫院束縛，體力已恢復得差不多，他認為自己的身心狀態比醫生判定的好上太多。但，若真要探究身心狀態有哪裡出了狀況，那便是直到現在，他仍無法相信眼前所有發生的一切——

就算住院期間假裝配合了好幾天，也照過鏡子無數遍。儘管事實擺在眼前，但他依然無法相信眾人眼中的自己，竟然不是白曜衍，而是那位在國中時曾與他形影不離的池安冉。

他懷疑自己瘋了，因為他確信自己現在的模樣，百分百是池安冉。如果他沒有瘋，那代表神開了個玩笑，把他的靈魂錯置到池安冉的身軀。要不就是他還在夢裡，他正在作夢，夢裡他是池安冉。不過，如果是夢，他要怎麼解釋手腕那該死的劇痛？假設不是夢，他是真的被錯置到池安冉的身軀，那池安冉的靈魂現在人在哪裡？該不會在一個叫做白曜衍的軀殼裡吧……

白曜衍翻了翻白眼，覺得自己的腦袋肯定不正常了。

他開始懷疑，這一切會不會是失眠引發的後遺症？

說到失眠，他記得，那一天，他是失眠的……

此時，坐在計程車裡的他，雙眼渙散地凝望車外景色，不由自主回想起自己被驚傳吞藥輕生的那一天……

3

事發當晚，深夜約莫十一點——

那天，一如往常。

返抵經紀公司為他準備的住處時，已是深夜。

那本是萬物安穩沉入夢鄉的時段。

但年紀輕輕的他，失眠症卻日益嚴重。

他難以入眠。對他來說，度過白晝和黑夜都是難以忍受的煎熬。

說起來，他的失眠症是伴隨憂鬱而來，主要歸因於三年前發生的事。

此時，圈子裡，一位向來關心他的時尚界前輩曲悠前來拜訪。

門一開，曲悠劈頭訓話，想藉此提振白曜衍的精神：「白曜衍！你才十七而已耶，有什麼好煩惱的？很多人，都羨慕你，想成為你，你真是不知滿足，人在福中不知福就是在形容你這種人……每次只要不被鏡頭拍到的空檔，就馬上露出愁眉苦臉又想落淚的模樣！你是少年維特嗎？在外人面前裝模作樣就算了，在熟人面前就縱情放聲大哭吧！」

外型俊美，擁有精實修長好身材的曲悠，縱使年紀才二十出頭，但卻已是國際時尚大秀伸展台上的常客，常常獲邀替各大時裝品牌走秀、代言。

自從幾個月前，白曜衍在某一場通告偶然認識曲悠和他的模特兒女友崔澄妍後，曲悠便將白曜衍當成寵物般照顧，三不五時就跑來騷擾這位悶悶不樂的晚輩。

曲悠一邊訓斥，一邊打開禮物，放在客廳的長型茶几上，故作誇張地大吼：「前輩我，幾天前，剛從米蘭時裝週回來，你猜我為你帶回來了什麼？嘿！沒錯，義大利頂級巧克力，特地買來給我抑鬱寡歡的好晚輩吃！」

「……你明明知道我討厭甜食。」白曜衍挑了挑眉，故作不感興趣。他無精打采地斜躺在沙發上，試著醞釀想睡覺的感覺，卻徒勞無功。

「聽說吃巧克力心情會變好！這巧克力是哥哥我從義大利特地帶回來送你的！」

「白痴，心情不好又關你啥事？」白曜衍瞪視盤腿坐在客廳地毯上的曲悠，煩躁地將沙發上的抱枕往他身上扔。

「哥只是真心希望你能發自內心感到快樂。前輩的好意，晚輩不該拒絕，對吧？要知道，不只是我，還有千千萬萬的粉絲愛你，你是不乏人愛的。」曲悠巧妙閃過抱枕的襲擊，拿起桌上的電視遙控器，轉到娛樂新聞台，淺笑著說：「很多人都愛著你，這你都明白吧？」

聽到這番話，白曜衍感覺胸口一陣沒來由的刺痛。

人們真奇怪。不被愛的時候，卻強烈渴求被愛，即使是獲得一絲憐憫也足以聊慰。但，當他們被瘋狂愛著的時候，卻又一味貪婪埋怨再怎樣都不夠多，不夠好。

偏偏，他之所以埋怨，是因為得不到所愛的那個人……全部的愛。

朝思暮想的那個她，是讓他哀傷與憂鬱的唯一開端。

有開始，卻始終沒有終點。

——煩死了。

他惱怒的在心中咒罵。

片刻，白曜衍重新整理混亂的思緒後，突然開口問：「喂，哥，你今天該不會打算在這裡過夜吧？」

「你猜對了。」曲悠點頭，握著遙控器胡亂轉台。

白曜衍翻翻白眼，不悅地說：「喂！別不請自來，行嗎？」

曲悠坦言：「我是擔心你，擔心你像少年維特一樣煩惱想不開。」

「想不開？我幹嘛要想不開？還有，從剛才到現在，為什麼都一直提少年維特？」

遲疑了半晌，曲悠的視線才勉為其難從電視螢幕挪到白曜衍臉上，並用審視的眼神仔細觀察他的反應：「……白曜衍，不瞞你說，上次我和崔澄妍來找你的時候，我們趁著你洗澡，偷翻了你書房的抽屜，結果找到驚人的東西。崔澄妍警告我若不阻止你，你肯定會幹傻事。」

「該死！你們該不會——」白曜衍一下子從沙發上跳了起來，朝曲悠怒喊道：「幹嘛亂翻我的東西？」

「對，遺書！連遺產都交代完畢了！」曲悠閉上眼，神情哀痛地說：「天啊，天啊！我們都親眼看到了，你想自殺吧？我不希望你像我之前那位因久病纏身而想不開的好友禹世燮那樣，步上絕——」

「那不是——」

「別解釋啦！哥我都懂，我會看緊你的。」曲悠拍拍胸脯保證。

算了，跟這白痴也解釋不完，白曜衍無奈想著。他沒好氣地回應：「哼，就算我真的像你們這些白痴誤會的那樣，若要自殺，也不一定會挑今天啊！」

「反正，今晚我是賴定這裡了，你就算趕我走也沒用。」曲悠耍賴：「最近崔澄妍去了巴黎，我一個人在家很無聊，所以我們一起作伴吧？」

白曜衍咬牙反對：「我不准！當我這裡是旅館嗎？這裡不給別人白吃白住，尤其是不經主人允許就亂翻東西的白痴！」

「白住？嘿，不然我付你住宿費好了，喏！」

說完後，曲悠從口袋掏出了一枚古銅色的金屬物，站起身來，上前硬是將它塞進白曜衍的手心裡。

正在氣頭上的白曜衍，低下頭，定睛一看，發現躺在手心上的小物件竟是一枚看似年代久遠的舊硬幣。

令人火大的是，根本就不是可以流通於市面上的錢幣。

「你……你在整人嗎？這算啥？這連一塊錢都不值！」白曜衍怒吼，只差沒將手上的硬幣丟到曲悠臉上。

「別怪哥笑你是外行人！這很珍貴的，是金錢無法衡量的。這可是我在義大利當地，向一名威尼斯商人買來的，上面刻著雙面神，你知道嗎？」曲悠得意洋洋地哈哈大笑，並拍拍晚輩的肩膀說：「送你吧，住宿費就此扯平，願你的未來和過去同樣……耀眼燦爛。人如其名。」

曲悠向來有搜集古物的習慣，趁著走秀到世界各大城市旅行的好機會，他時常會蒐羅一些有的沒有的小玩意。

白曜衍直覺這是無良商人隨便拿來騙觀光客的贗品，倘若是真品，應該會被收藏在考古博物館拿來做研究，怎可能還輪得到被這傢伙買到？

可是，他什麼都沒說，只是垂下眼簾繼續凝望手心的硬幣。

透涼的觸感，有點古怪。

硬幣猶如具有某種神力，莫名控制了他的思緒和靈魂。

不知道為什麼，他開始好奇起曲悠口中的雙面神，指的究竟為何。

他像一名被成功誘騙至迷宮入口處的旅客，不安的往內探頭張望，躊躇卻步，遲疑是否該繼續往裡頭走。

於是，被勾起好奇心的他，情不自禁發出微弱的疑惑：「什麼雙面神？聽都沒聽過……」

4

在好奇心的驅使下，白曜衍耐心聆聽曲悠對雙面神的解說。這位古老神祇的典故大致如下：

「──傳說中，有位名叫亞努斯的雙面神。

這位神祇前後有兩副面孔，分別朝向過去與注視未來。

黎明升起，祂即開啟大門，迎接白晝。傍晚時分，祂即掩上大門，黑夜降臨。

祂亦象徵著口是心非、自相矛盾，表裡不一的雙面人……」

經過一番對古老傳說的解說後，曲悠順利獲得在此過夜的獎勵。

盥洗完畢後，不請自來的客人便大刺刺自行躺在客房的大床上，沉入甜美夢鄉。

「哼，還說要看緊我？八成睡死了吧？」

瞪了客房的房門一眼，白曜衍隨意用毛巾擦拭濕漉漉的短髮，倒了杯水，拖著疲憊步伐走到裝著藥物的防潮櫃前。

櫃子裡滿滿都是整齊排列的白色藥罐，罐子上都貼有藥品名稱的小標籤，他向來有分裝藥物的習慣。

打開櫃子，他拿起其中一個裝有安眠藥的罐子，倒出醫生指示的量，配了一口茶，就將藥物吞進喉嚨裡。

不料，才剛吞下，他這時才想起，今天忘了吃營養錠，昨天也忘了，前天也忘了，大前天也忘了……

通常，安眠藥的藥效發作沒那麼快，他覺得沒吃營養錠，很對不起連日以來因為工作而過分操勞的自己……

「不過，上次空腹吃還胃痛……」他自言自語，決定先吃蘋果墊胃。

於是，他到廚房拿了水果刀和蘋果，走到客廳沙發椅坐下，一邊削水果，一邊凝視被他放在茶几上的古老錢幣。

不管這枚硬幣是真是假，他都不由自主被它吸引了，也許是它背後的神祕傳說讓他情不自禁想起自己。

曲悠之所以送給他刻有雙面神的硬幣，是希望現在事業一帆風順的白曜衍能誠實面對過去，大方擁抱未來。

但，這可能嗎？白曜衍微微皺眉，他沒有信心。

儘管鎂光燈前的他，充滿偽裝得近乎完美的自信風采，但台下的他卻無時無刻不忘譴責自己身上的卑劣血脈。

他不堪的出身，讓他沒有辦法鼓起勇氣去愛她。但他又無法選擇停止愛她，只好選擇假裝遺忘她……雖然這只是自欺欺人。

由於想得太忘我，他一個不留神，竟然不小心削到自己的手指。鮮血倏地從傷口處滲出，他趕緊抽了幾張放在桌上的面紙壓住傷口處。幸好割得不深，流了幾滴血後，就慢慢止住了。

「怎麼這麼倒楣？」

盯著茶几上的一小攤血，他氣餒地放下手中的刀子和削到一半的蘋果，食慾全失，索性不吃了。

起身後，他又下意識瞥了被擱置桌上的硬幣一眼，赫然發現自己剛才滴下的血，沾溼了硬幣。

硬幣上的圖騰，全被沾染上血紅色的鮮豔色澤。

不知道是否為錯覺，隱約之間，硬幣彷彿在一瞬間閃出一道奇特光澤。

是看走眼了嗎？他頓時倒抽了一口氣，內心起了一絲寒意。

「見、見鬼了！這該死的東西！」

出於遷怒，他彎下身，拾起硬幣，將它扔進一旁的收納櫃裡。

熄燈後，他躺在床上，躺在漆黑的臥室裡，靜靜等待安眠藥的藥效發作。

沒多久，他才又想起了營養錠的事——

「空腹又怎樣？算了，連同胃藥一起吃，總行了吧？」

他不耐煩地跳下床。

懶得開燈的他，摸黑之下，走到裝有藥罐的櫃子前。

憑著腦海裡的既定印象，煩躁的拿起其中幾個可能裝有各種營養錠、綜合維他命和胃藥的罐子，將好幾十顆藥錠全部倒在手心裡，配著剛才還沒喝完的開水，一次將所有的藥錠一口氣吞進了喉嚨。

胡亂吞藥，沒確認仔細的偷懶下場如何？想必他在迷迷糊糊之中，誤將安眠藥當作營養錠或胃藥混著吃進肚了吧？

這時的他，殊不知吃錯藥又隨便混吃藥物的後果不堪設想，遠比他想像中的還要來得悲慘許多……

5

「池安冉！」

又是這個討人厭的名字。

不知道被喚了多少次，才喚醒不小心因陷入回憶而在車上沉沉睡去的他。

再次睜開眼，他看見言允恩的臉，不到幾公分的距離。她正定定地盯著他的臉瞧。

這麼近的距離，連她的呼吸聲都聽得很清楚。

剎那間，他感覺雙頰灼熱，耳根發燙。他感到困擾，不明白為什麼連在錯誤的身軀裡，仍舊無法抵抗對她的悸動，明明已經相隔三年，喜歡的情愫仍是不減反增？

他勉強抑制住想親吻她的衝動，迅速別開視線，目光正好對上正從駕駛座扭頭瞅他的計程車司機——

「司機先生，對不起，真的很抱歉，他才剛出院，所以才會昏睡過去，很難叫醒……」言允恩不斷向司機道歉，同時攬住白曜衍沒受傷的那隻手臂，想將狀況外的他，趕緊從車裡強行拖出來。

「沒關係，你們需要幫忙嗎？」司機無奈，但仍釋出善意。

「不必，謝謝。」言允恩快速搖頭，很擔心造成對方困擾。

白曜衍愣了愣，遲了幾秒後，總算完全回過神來。

下了車，才發現車子剛剛停在距離池家不遠處的小徑上。

走沒幾步，就能看到那棟屋頂鑲著咖啡色磚瓦，米黃色牆面的獨棟住宅。以前，他都覺得這棟房子散發出溫馨可愛的氣氛，令人難以忘懷。至今，房子外觀依然蘊含記憶中的單純氛圍，但他的內心卻是五味雜陳。

牆上的門牌號碼無疑是池安冉家的住址。周遭的景物和三年前完全一模一樣。

路旁一排排的花草植栽，五顏六色點綴整條小徑。小徑另一側的樹木修剪得依然整齊美觀。

「你還是住家裡吧，自己一個人住宿，怕你想不開又做傻事……幸好我有先見之明打了你宿舍的備份鑰匙，否則的話，你想會怎樣？」言允恩輕拍他的背，催促他繼續往前走。

從她的話裡聽得出來，直到現在她還認定他是池安冉。

白曜衍心裡一沉，不發一語照著她的指示往前走。

走到大門前，言允恩小心翼翼吩咐他：「對了，我和爸爸事先商量過了，所以剛才我在車上，有先打一通電話給媽媽，輕描淡寫提到你去了一趟醫院，讓媽媽先有心理準備……以防她一見到你，心臟一時之間又負荷不了。拜託，你待會可不可以識相點？」

聽到這席話，白曜衍有點訝異，印象中，池安冉向來在家人面前都很溫順貼心，他不明白為什麼言允恩還得特別交代。

「我知道了……」想歸想，白曜衍還是答應了，可他仍然不忘提醒她：「不過，我是白曜衍。」

聽到那個名字，她一怔，身子不禁抖了一下，胸口泛起劇烈痛楚，但沒答腔。

對此，她確實存有疑慮，但暫時不想提起，她怕自己只要一回想，淚水就會再次潰堤。她從側肩包裡掏出一串鑰匙，插入門上的鑰匙孔往右一扭，但還沒來得及推開門的剎那間，家門就直接被人從另一邊倏地打開——

「安、安冉！」

開門的人是滿臉驚慌失措的池媽媽，臉上掛著兩行熱淚，雙眼紅腫，比三年多前憔悴不少。

白曜衍還來不及反應，就被池媽媽緊緊擁入懷中。

「……不、我是白——啊！痛！」

話還沒說完，有人冷不防朝他的背上用力擰了一下。

回頭一看，是表情猙獰的言允恩，偷偷趁著池媽媽沒注意的時候，拼命擠眉弄眼地對他打暗號，叫他別胡說八道，看那嘴型像是在警告他最好識相點。

「痛？安冉啊，你的手還很痛嗎？」

池媽媽焦急地鬆開懷抱，輕握住白曜衍的手，雙眼緊盯著另一隻手上纏繞的白色繃帶，眼淚忍不住又從眼眶滑落。

「媽，別擔心，他好多了！」

言允恩上前忙著安撫池媽媽的情緒，並攙扶住她，深恐下一秒她會因打擊太大而昏厥過去。

池媽媽兩手按在胸口上，痛不欲生的對他泣訴：「安冉啊，為什麼老是幹傻事，真以為媽媽我承受得了幾次這樣的折磨？」

白曜衍訝異的望向池媽媽，他沒料到她的反應會如此激動，面對一個三不五時就惹事生非的慣犯，她似乎仍然不想放棄兒子。

白曜衍嚥嚥口水，喉嚨一緊，看到池媽媽為兒子擔心的可憐模樣，連不是池安冉本人的他，心情跟著更加沉重了。

他腦海裡也閃現出池爸爸眉頭深鎖，鬱鬱寡歡的身影。

看樣子，池安冉這三年多來，不僅深陷自我放逐的泥沼，連他的家人都一起為之受苦。

曾經熟悉的好朋友，如今變得好陌生。

他很想知道，若早知如此，曾經身為死黨的他們，還會犯下同樣的錯嗎？

6

待在池安冉的房間裡，白曜衍獨自站在鏡子前，一雙淡漠的眼眸，望進了池安冉那對哀傷的眼。

記憶中那位臉上始終帶著羞澀靦腆，目光曾經澄澈明亮的清秀男孩，如今只隔了三年未見，澈底變得不同。

取而代之的是一位臉色陰沉晦暗，帶著絕美五官卻病態蒼白的陰鬱少年。

在池安冉的身上，白曜衍的影子彷彿依稀可見。

就像一對沒有血緣的雙生子……

「不！該死的傢伙！我跟你不一樣！」

惱羞成怒的白曜衍高舉起手，就在拳頭快往鏡面砸下去時，臥室的房門忽然被應聲打開——

「你……你到底在演哪齣？」

闖進房間的人是言允恩。

不管是在醫院或是返家後的用餐時段，她在家人面前都盡量克制疑慮，表現自然，但內心卻替他捏了一把冷汗，深怕他會說出令雙親擔憂的驚人之語。

晚飯後，好不容易和他有了獨處機會，她下定決心，非得在今晚釐清真相才行。

言允恩咬緊下唇，將房門快速掩上，走向前一步，目光先從他全身上下快速掠過一遍後，才又定睛注視著他的臉，想從中找出一絲蛛絲馬跡。

「或者……你真的像醫生說的失去記憶了？」

「我沒有失去記憶。」他否認。

「那你為什麼要騙人？為什麼要演戲？」她追問，視線緊迫盯人。

「言允恩……」說來可悲，被她緊盯著猛瞧的他，竟因一時緊張而支支吾吾說不出話來了。

「回答我！既然沒有失去記憶，那你到底在演哪齣戲？你到底想怎樣？氣死爸媽嗎？」言允恩再次朝他大吼。

「我……」

「說啊！說不出話來了是嗎？池安冉！角色扮演有那麼好玩嗎？」氣頭上的她，雙手用力往他身上一推，使他往後踉蹌了一步。

「我是白曜衍！」他大吼。

聽到這名字，她的心又狠狠抽痛一下。

「池安冉，你在胡說些什麼？不管在醫院和車上，還是在爸媽面前，我都拼命忍耐，不想跟你爭辯！但我這麼關心你，你竟還有臉繼續開這種惡劣的玩笑？你覺得裝瘋賣傻扮演別人很好玩嗎？我拜託你，不要再傷害家人的心了！」

白曜衍露出受傷的表情，心中有股說不出的失落，他憂愁地對她說：「言允恩，看著我的眼睛，妳不是曾經說過自己最了解我，絕對有辦法看透我的心嗎？不管發生什麼事……怎麼？三年沒見，妳就認不出我了嗎？我是白曜衍！就算我是那麼卑劣的人，妳也應該知道是我才對！」

她眨著顫抖的長睫毛望進他悲傷的眼。

好半晌，雙方幾乎說不出話來了。

終於，他打破短暫的沉寂，態度轉趨於柔和些，悄聲問：「……認出我了嗎？」

不料，她卻主動迴避視線，垂下眼簾注視著地面，聲音顫抖地呢喃著：「你、你休想騙人，你怎麼可能是白曜衍？白曜衍他……他……不對，你不是他，你是池安冉。」

「誰都可以，但妳怎麼可以認不出我？」他感到胸口一陣沒來由的燒灼疼痛。眼眶一熱。頭也跟著痛了起來。

緊接著，他咒罵了聲：「煩死了！」

情急之下，氣憤難耐的他，突然發瘋似地抓住她纖瘦的手腕，將她整個人強壓在她身後的牆上。

壁咚瞬間，他感覺一股疼痛從手腕傳過來，這才想起手上有一道縫合卻尚未完全復原的刀傷。

她萬分驚愕地看著他，一時之間說不出半句話，這一點也不像池安冉會做的事。

她腦海中閃過三年來始終忘不了的畫面，似曾相識的感覺在心頭莫名湧現。

「那……」他停頓了一下，嘴角揚起一抹揉合哀傷與自嘲的笑意。

超近的曖昧距離，白曜衍以俯視的角度，低下頭望向被壓在牆上，正露出錯愕神情的她，在她耳畔用侵略性的口吻逼問：「這樣，會幫助妳想起什麼嗎？」

「想、想起什麼？」她仰起頭，傻傻地問，同時瞪大雙眼。

「想起我。」語意堅定。

被困在牆上的她，臉上滿是慌亂與錯愕，可是白曜衍又稍稍加大手上的力道，緊握她的手不放，又驚又急的她始終掙脫不了他的箝制。

「放、放手！笨蛋！快放開！」

沒答腔，他一手撐著牆面，另一隻手忽地扣住她的下巴。俯下身，將他的唇狠狠地印上了她輕顫的唇，輾轉摩擦、啃啄她的唇瓣。

慌亂之中，他們眼神交會。

在她複雜的眼神中，夾雜著更多的不確定感與驚愕的恍然。

他的思緒一片混亂，心臟瘋狂跳動著。呼吸紊亂。

但他仍克制不住想瘋狂吻她的念頭，顧不得一切，越吻越激烈。

她柔軟的唇被他熾熱的唇，吮吻得如此灼熱，難以喘息，心跳劇烈加速。

——快瘋了。

一直以來，始終為她跳動的心，太過寂寞了。

所以才會這麼貪婪地想要像三年多前那樣吻她，無所顧忌地放肆吻她。

第三章

我們，回到了最初，或是重新開始？

1

深夜。

環顧臥室一圈，這間了無生氣的房間，不像回憶中最後一眼所見那樣雜亂。當時漫畫、小說被恣意地散落在床上，池安冉還滔滔不絕地談論起自己最喜歡的那幾本書。

如今，牆邊的床上，棉被摺疊平整，書桌上也幾乎都空無一物。

除了書櫃上還零散擺著幾本書，是言允恩替他從宿舍裡帶回來的學校課本、參考書及作業本。

打開書桌抽屜，裡面整齊擺放著兩三本筆記本。

他很想知道，池安冉還活著嗎？他們靈魂交換了嗎？池安冉的靈魂也被錯置到他的身體了嗎？或者，最糟的情形是……池安冉會不會早就消失在這個世界了？

不。他不敢繼續想像。

白曜衍深吸了一口氣，隨即開始在房間裡搜尋電腦的蹤跡，最後總算在放置於角落的深灰色行李箱裡找到一台筆電。

連同手機也一起在行李箱內被找到。

這兩者的共同點是都沾上了池安冉的血跡，想必是那一天噴濺到的痕跡。

不知道當時言允恩是抱持什麼樣的心情，為池安冉將這些隨身物收進行李箱，並且從宿舍拖回家裡，肯定是邊哭邊拖著行李箱吧。

他滑開手機，需輸入密碼，思索半晌，記起池安冉的生日，於是他試著重新輸入，沒想到卻顯示錯誤。

「毫不意外啊，這傻傢伙，會用什麼密碼？」

他在房間裡來回踱步，深怕輸入多次錯誤，手機會強行進入鎖機模式。

思索良久後，白曜衍再次打開抽屜，拿起放在最上方的黑色筆記本，打開一看，發現第一頁就記錄了所有的密碼：手機、筆電、FB、IG等等的帳密，全都交代得很清楚。

「真是仔細啊，池安冉，真想死的話，會留住這些東西嗎？」他諷刺地發出調侃，但換作是自己，也曾設想若哪天遭遇不測，至少能將曾經活著的證據留下來。

白曜衍拉開書桌前的木椅坐下，在手機裡輸入密碼。

一解除鎖定，他立刻點開瀏覽器，搜尋自己的名字：白曜衍。

畫面中，馬上出現一堆有關白曜衍的焦點新聞，標題都相當聳動：「白曜衍輕生震驚演藝圈，疑似事業壓力過大選擇吞藥……」諸如此類。

他皺起眉頭，咒罵一句：「該死！」

快速瀏覽一遍，最新一則新聞略提及：「白曜衍雖然手術急救成功，但不知何故，至今仍陷昏迷……」

「難道那個身軀裡沒有池安冉的靈魂嗎？不該是這樣啊？」他煩燥的搔亂頭髮，對著螢幕低吼。但光在這裡乾著急也沒用，現在的他，只是一個普通人，根本沒有辦法接近身為名人的「自己」……

他不安的想著，再這樣下去，他真的要以池安冉的名義，繼續待下去嗎？

——就這樣，一輩子？那言允恩怎麼辦？

難道他要永遠以池安冉的身分，喜歡言允恩？

他再也無法思考下去了。

2

翌日清晨，池媽媽擔憂的跑來房間，詢問剛睡醒的白曜衍是否要上課，或者還想多請幾天假在家休息。

昨晚失眠，直到凌晨四點多才勉強入睡，所以他的意識還很模糊，恍惚地回答：「上學？不是已經申請自學了嗎？」

站在門口的池媽媽，訝異的張嘴大叫：「自學？什麼時候的事？」

揉了揉眼，隱約見著躲在池媽媽身後，時不時探出頭往房內張望的言允恩身影後，他忽然從意識模糊的狀態，一下子清醒過來。

「我、我……好，要上學，不用請假。」白曜衍急忙跳下床，幸好昨晚睡前他盥洗後還穿著整齊，在陌生的環境，他沒辦法像待在自己的住處那樣自在。

一瞥見言允恩的臉，他忍不住回想起昨晚因過於激動而放肆吻她的畫面。那個畫面幾乎可算是他失眠的主因，揮之不去，想了一整晚，實在很難堪……

此外，一想到往後要跟她一起同住在一個屋簷下，他就覺得既不安又雀躍，不知該如何是好……

越想越尷尬，又擔心臉上的表情會洩漏端倪，白曜衍只好迅速甩上房門，滿是心虛地大喊：「別隨便開門。」

「奇怪，安冉的臉是怎麼了？」

隔著掩上的房門，他聽到門外的池媽媽一邊自言自語，一邊走遠的腳步聲。

倒是沒聽見言允恩的聲音。

記憶中，池安冉那張臉，動不動就臉紅。白曜衍很擔心自己的心思被池媽媽看穿。

他急忙衝進浴室查看——這才發現臉上的巴掌印，隔了一晚還是沒有消失。

言允恩的傑作。

她是該生氣沒錯。

原以為睡過一晚就會消失的掌印，沒想到還停留在池安冉這張病態美的臉上。

他對著鏡子喃喃說：「池安冉啊，池安冉，真是抱歉了。你的臉活該被打了。」

滿懷歉意的白曜衍，刷牙洗臉後，穿上從行李箱內翻找出來的高中制服，繫好領帶，在穿衣鏡前審視了鏡中面露吃驚的少年。

直到現在，他還是很難相信自己變成了池安冉，但是他卻得試圖假裝自己是池安冉，照昨天言允恩臨走前苦心交代的話去做：「拜託，求你識相點，不要讓爸媽擔憂，別在他們面前說你不是池安冉，算我求你……」

昨晚，她懇求的模樣，讓他無法招架，只好滿是無奈的答應了她的請求。

走到書桌前，深吸一口氣後，白曜衍拎起被放在窗台上的書包。

這個書包，不再像是三年前有著沉甸甸的重量，記憶中池安冉每次都習慣將書包塞得滿滿的。

如今，卻是個空蕩蕩的書包，像是追隨原有的主人，徒留軀殼，失了靈魂。

準備就緒後，他走到客廳，只見言允恩獨自坐在沙發上發呆，一見著他，便立刻起身，朝他走近。

言允恩雙唇緊抿，硬是將手上的提袋塞給面露吃驚的白曜衍。

她別開視線，盡可能不與他有眼神上的接觸，害怕會不經意洩漏自己的心思，急促地說：

「你、你的早餐，幫你備好了。」

白曜衍不禁暗自揣測：她並不打算讓他在餐桌上吃早點，是怕他將昨天晚上的事情說溜嘴嗎？

她低下頭，順手將垂落頰邊的髮絲勾至發紅的耳後，快步跑到玄關處換外出鞋。

「我們不在家裡吃完早餐，再上學嗎？」白曜衍故意問。

「安冉啊，你早餐不都習慣到學校才吃嗎？所以，允恩就照你的老習慣先幫你裝袋了。路上小心啊，你們兩個。」池媽媽走過來說。

他這才恍然大悟，原來自己猜錯了。

低下頭，他打開提袋，發現裡面裝著牛奶和培根炒蛋三明治。非常熟悉和懷念的組合。三明治的溫度摸起來還微熱。看似平凡無奇的早餐，但只要是媽媽親手做的就很特別。

對白曜衍來說，自生母不在後，年紀尚小的他，就沒吃過媽媽做的早餐了。那之後，他都很羨慕班上同學從家裡帶來的早點。儘管扶養他的父親和養母，給了他不少零用錢，隨便買什麼昂貴的東西都綽綽有餘，甚至還嫌太多。但內心的空虛感，永遠無法以無溫度可言的金錢填補。

記得國中時，有一次，不經意地對池安冉提起這件事，打那天起，池安冉就天天把早餐帶來學校吃，而且還是雙份的，一份給他，一份給自己。而當時，池安冉也常說服白曜衍留在他家吃晚餐。白曜衍即使知道這樣很厚臉皮，但既然池家都很歡迎他，何樂而不為？

沒想到，就算分開三年多，池安冉還是不改將早餐帶到學校吃的習慣。

白曜衍有點感動，但又不想承認。

站在家門前的池媽媽以喜憂摻半的心情，舉起手揮別了各懷心事的兩人。

走了大約幾步的距離，白曜衍主動打破沉寂的氣氛問：「所以，妳和他上同一所高中？是嗎？」

戴著耳機的言允恩自顧自走著，沒有回應。

由於距離上學時間尚早，這條偏僻的小徑上，基本上只有她和他。

她一隻手放在口袋，另一隻手摸了摸白色的耳機線，表面上貌似若無其事，但從白曜衍的角度看來，她很明顯一副心事重重的樣子。

「喂！喂！」叫了好幾聲後，白曜衍終於不耐抱怨道：「就算是戴著耳機，怎麼可能完全聽不見我說話？」

可是，言允恩還是直直往前走，不理會他。

落後幾步的白曜衍，快步向前抓住她的手，阻止她前進。

言允恩沒轉過頭，她嘗試甩動纖細的手腕，想從他的手心抽開。

但白曜衍堅持不放手。

她這才停下腳步，轉過身與他面對面，不悅地摘下耳機問：「你到底想幹嘛？」

即便如此，她的視線仍不肯與他交集。

她撇頭望向一旁的行道樹，努力不去回想昨晚兩人接吻的畫面。她感到錯亂，吻她的人是跟她沒有血緣的哥哥池安冉，但吻起來的感覺卻是初戀情人白曜衍。

那個吻，竟熟悉到如此令人揪心。

「沒幹嘛……只是想跟妳聊天。」他解釋，聲音變得有點困窘。

她的溫度透過接觸從手上傳來，他感覺雙頰發熱，於是倏地放開她的手。

這個動作反而引起她的注意，她未料想到他會主動放手，因此她情不自禁將頭轉回來，好奇仰頭看他。

這時，他發現她的臉悄悄染上紅暈，或者，該說是臉上的紅暈變得更深了。

他覺得她穿著高中制服的時候，比國中制服來得更優雅好看，披肩長髮隨風吹起時，有一種說不上來的迷人氣質。他幾乎快看傻了眼。

「聊天？」她表情訝然，但又接下去說：「好吧，我和你，都上同一所學校，所以現在要一起走去公車站等車，滿意了嗎？」

白曜衍這才恍然明白，原來她只是假裝在聽音樂。

「妳和他……」他刻意替她修正語句中的代名詞，想藉此強調自己不是池安冉。

這番話，再度讓他們陷入了一陣靜默。

她緊抿著嘴，不知該如何回答。眼前的人明明是池安冉，但其實又不是池安冉。這實在很荒謬。

半晌，她回過神，聲音變得僵硬，再度別開視線：「不管怎樣，你在我眼中，現在，就是池安冉。」

「所以……妳需要我再證明一次嗎？」他的胸口莫名一陣鬱悶，語帶威脅。

她下意識摀住嘴，肩膀抖顫一下，左右張望，確定沒人後才說：「不、不用，你不要再這樣，否則我要生氣了。」

「生氣？可是以前我親妳的時候，妳很高興……難道是裝出來的？」

很可悲的是，他無法掩飾自己的哀傷。但遲疑一下後，他不由自主回想起一些事，一些不忍回憶的事。

見她沒回答，他痛苦地說：「妳到現在，是不是還討厭著我？因為我的血有一半來自那個家族，那些傷害妳最深的人……」

但這仍然不是事情的全貌。

事情的全貌是……他說不出口。

三年多前，他做出了更渣的事，讓她潸然淚下的事。

他主動從她身邊逃開。不告而別。逃避現實。

疏離了愛情，愛情便把他遺棄了。

而現在，在神的捉弄下，命運又重新安排他們相遇。

疏離了愛情，命運卻再次把他喚回。透過了不同的方式，更殘忍的方式。

他甚至覺得神的用意或許在於，連神也認為白曜衍本人，沒有資格親自站在言允恩的面前，向她懺悔，向她吐露真心——

畢竟，說到底，他就是那個親手撕毀她真心的人。

傷害她最深，讓她徹底心碎的混帳，不是別人，而是他。

3

公車站前，站著三五成群候車的學生和上班族。

自從他剛才問了那個蠢問題後，一路上她始終保持沉默，持續閃躲視線，根本不想回顧令人難以忍受的回憶。就連在公車站前，也刻意與他保持兩三步的距離。

這本來就是他在三年多前，做出那次令人痛心的抉擇後，應得的後果。

但，如今的他，為什麼還是覺得心痛？

「喂……妳看……對吧？對吧？」

「真的耶……聽說他前陣子……」

「噓！小聲點啦，被聽到怎麼辦？」

無意間，落寞不已的他，感覺有幾道狐疑的視線打在自己身上，往後一看，發現有幾個穿著同校制服的女生，正瞄向這個方向不停地竊竊私語。

白曜衍忘了自己目前的身分，用平時躲媒體和粉絲的方式，反射性用手遮掩住自己的臉，快速躲到正望向前方陷入沉思的言允恩身後。

雖說言允恩身材嬌小，根本沒有辦法遮住他修長高挑的身形，但輕捉住她的衣角使他感到莫名的安心感。再加上，她的髮絲隨風飄散出熟悉又自然的迷人香氣，讓他產生想依賴她的念頭。

被他由後挨近的言允恩，錯愕地旋過身。

她摘下耳機，滿臉通紅，發出惱怒的低吼聲：「你、你想幹嘛？現在是在公共場合耶！」

「我不想被拍，所以才躲過來！因為我可是白曜——」他解釋，但馬上欲言又止——

因為他赫然察覺，那些女學生們的視線並不是停留在他的臉上，而是盯著他隨意擺在身後的那隻手看……

那隻忘記纏上繃帶的手。

池安冉劃滿自殺記號的那一隻手。

他的胃一陣絞痛，為曾經手足情深的好朋友感到不捨。

言允恩也注意到了，抱持同樣複雜的心情，她驟然主動握住白曜衍的手，將他拉近自己身邊，裝作不在意卻略微哽咽，指著不遠處正要朝這邊停靠的公車：「公車來了，我們趕快上車吧！」

很快地，跟著言允恩上公車，司機忽然叫住正走向言允恩隔壁座位的白曜衍。

「欸，這位學生，你還沒有付錢唷！」

白曜衍愣了一愣。

他從來沒有搭公車的經驗，又加上剛才心不在焉，所以只是傻傻跟著她上車，壓根兒沒想太多。

言允恩連忙跑過來焦急問：「你、你的卡呢？你的錢包裡有吧？」

「錢包？」白曜衍怔怔然反問。

他根本沒帶錢包。他帶的是空空如也的書包，以及出門前池媽媽為他悉心準備的早餐。

言允恩無奈地替他刷了卡，頻頻對眉頭輕皺的公車司機賠不是，隨即迅速將愣在原地的白曜衍拉到自己身邊的空位坐好。

「這次似乎傷得不輕耶，連腦袋都……」

「啊，看樣子是這樣沒錯，可憐！」

「聽說他們班的同學都習以為常了……」

隨後上車的那些學生正巧撞見這一幕，她們又開始議論紛紛，並將之解讀為自殺後所留下的後遺症。

4

到校後，言允恩叫他一路跟緊她，以免走錯路。

當他們正要走進教室時，一位女同學冷不防從後方叫住她：「允恩！何老師有急事找妳，可能是要交代比賽的事，妳趕快去吧。」

「現、現在嗎？可是我……」言允恩吃驚問。她猶豫著是否要先跟白曜衍一起進教室，或是先照老師的指示去導師辦公室。

「當然囉，老師說很急。」

「……知道了，謝謝。」她只好勉為其難答應。

「趕快去吧。」對方說完便轉身離去。

杵在門口再度遲疑了兩三秒，最後她滿懷歉意對白曜衍說：「很抱歉，你先進去吧，我還要先去導師辦公室一趟。我去去就回。」

「不用道歉啊，我又不是小孩，妳不必管我。」他毫不在意地聳聳肩，忍不住又追問：「對了，妳和他連上高中也同班？還真巧？」

「你，池、安、冉，」她加重語氣以表明刻意強調的立場，並回答道：「因為爸媽對你放不下心，所以我才特地跟你上同一所高中。至於我和你同班這件事，爸爸也曾到校找老師商量過，有家人在旁邊隨時看著，你可能比較不會出狀況……雖然事實證明，你根本像隻脫韁野馬……」

「哦，原來是這樣啊，」白曜衍恍然大悟，隨即又好奇追問：「所以你們之前也都住學校宿舍嗎？」

「之前，你曾在上學的途中，找機會幹過傻事，所以當時才安排住宿……但沒想到連在宿舍也一樣……」她愈說愈激動，拚命作吸氣吐氣的動作，以免情緒失控爆發，並不忘壓低音量：「你的問題怎麼那麼多？待會再說好嗎？我現在沒空一一解釋。記住，你，是池、安、冉，待會進教室的時候，也請記得你是池、安、冉……」

她想用肯定的詞句來說服他和自己，但眼神中卻洩漏了遲疑與矛盾的心情。

「言允恩，我希望妳相信我……妳知道我指的是什麼，」白曜衍定睛注視著她，繼續用堅定的口吻說：「就算別人不相信，我也希望妳相信我。因為我只在乎妳。」

她臉上倏地浮現一抹難以形容的複雜表情，有話想說，可是，卻又遲遲說不出口，陷入了左右為難的迷惘──

「喂！你們堵住教室入口了，別擋在門口聊天，同學！」

「借過啦！」

後方傳來男同學不爽的牢騷聲。

「待會再說，那、那我馬上回來，你可別亂跑哦，要乖乖在位子上等我！我馬上回來！」

言允恩神色慌張，擔心耽誤去找老師的時間，但又放心不下白曜衍。

在確認白曜衍聽話的走進教室後，她才轉身奔往導師辦公室的方向。

5

看著她跑掉的背影，他不自在的抿嘴，環顧教室一圈，內心充滿不踏實感。

自從三年前被經紀公司相中，為了顧及演藝事業，在徵得家人的同意後，他以自學的方式，取代到校上課，非必要不待在學校。

現在的他，對久違的學校生活感到卻步，有點不習慣。

重點是，根本不是池安冉的他，居然還得代替池安冉來上課。

唯一值得慶幸的是，本以為會像搭公車時引起旁人側目，但同學似乎對池安冉時常缺席的情形感到司空見慣，早已見怪不怪。

聊天的聊天，滑手機的滑手機，看書或者發呆的行為，也各自持續進行著。

為什麼沒人主動跟池安冉打招呼？他被排擠了嗎？白曜衍納悶極了，站在教室最前方，茫然看著眼前一排排的座位。

這時，有位同學碰巧從白曜衍身邊擦肩而過，在最前排的位子上坐下。

於是，猶豫了幾秒，白曜衍走上前，輕拍對方的肩裝熟，故作輕鬆地問：「嗨，早安！對了，池……我的座位在哪？」

對方露出納悶的眼神，覺得他這樣的行為很反常，但仍勉為其難指向這一排的最後座：「你不是坐那嗎？老師沒換座位啊！」

「謝啦！」白曜衍微笑，往池安冉的位子走去。

背後卻傳來對方喃喃自語的咕噥聲：「失憶症？還是吃錯藥不成？嘖，怪胎就是怪胎，沒藥醫……」

——「吃錯藥」？「怪胎」？

一聽到這些針對池安冉的不雅形容詞，驀地，白曜衍停下腳步，咬了咬下唇，握緊拳頭，一陣怒火攻心。

於是，他折回去，決定找對方理論。

「罵誰怪胎啊？池安冉哪是什麼怪胎？哼，隨便侮辱人的你，才是怪胎。」白曜衍大聲咆哮。

沒料到會挨罵，對方被他的音量嚇到渾身一震，啪的一聲，手上的課本瞬間落地。

白曜衍低下頭，往掉在地上的課本瞄一眼，看見封面的姓名，他擰眉怒斥道：「姜以瑞是吧？我記住你了，最好別再說池安冉的壞話！」

「說、說得好像你不是池安冉一樣，搞什麼——」姜以瑞臉上布滿驚恐又狐疑的表情，但話還沒來得及說完，就被白曜衍以不容反抗的兇狠眼神震懾住了。

6

白曜衍萬萬沒想到，隔了三年，他仍無法對池安冉被欺負的事冷眼旁觀。

他認為，比起池安冉，或許自己才是真正沒藥醫的人。

白曜衍安靜坐在座位上沉思著。

上課鐘響大約過了一兩分鐘，教室外走廊由遠而近傳來急促的腳步聲和奔跑聲。

沒多久，授課老師拿著課本匆匆走進教室，而言允恩則緊抱教室日誌尾隨其後，她跑得上氣不接下氣，之所以如此匆忙，是因為她想起自己忘記跟他提及座位的事。她直覺他不知道座位在哪。所以，她一進教室的第一個動作，就是立即搜尋白曜衍的身影。

當他倆眼神交會時，她緊抿著的唇才微微勾起淺淺的笑容，如釋重負。

走到他面前時，她頓了一下，忽然想起另一件事。

於是，她彎下身，小小聲對他說：「我會永遠陪著你。」

「……嗯？」白曜衍神色詫異，抬起頭，盯住她微微泛起紅暈的臉，尋思她這句話的用意。

但她卻立刻轉身在他前面的座位坐下，順手撥弄稍顯凌亂的頭髮，若無其事從抽屜裡拿出數學課本，攤平後放在桌上。

她心跳加速，卻故作鎮定。

事實上，三年多前，她剛被池家收養，隔天轉學來班上的那一天，他也曾對她說過同一句話：「我會永遠陪著妳。」

而白曜衍也始終無法忘記，當她聽到那句話時，臉上浮現出的訝然與感動。

他輕輕皺起眉頭，一手托著腮幫子，腦海中逐漸浮現出三年前言允恩轉學來時的青澀模樣，如今仍記憶猶新……

7

三年前——

那一天，是他們初次相識後的隔天。

他始終記得很清楚，她轉學來的第一天在班上造成的騷動。

講台下好幾十雙眼睛緊盯著她瞧，對她的外表驚艷不已。

「嘿嘿，轉學生長得有點可愛哦……是我的菜耶。」

「唉唷，呆瓜，她看不上你啦！有點自覺好嗎？」

「不過啊，下課後，我們應該主動關照轉學生。」

班上幾個臭男生笑嘻嘻竊自討論著。

在白曜衍眼中，這些人一副賊頭賊腦的德行，看了就不順眼。

他轉頭對坐在隔壁座位的池安冉說：「哼，都以為只有在奇怪的場合，才會出現色瞇瞇的大叔，沒想到我們班也有。以後，言允恩是我一個人的，只有我能欺負她。」

坐在斜前方的男同學忽然閉緊嘴巴，顯然因心虛而自動對號入座。

「……是啊。」聽到白曜衍那段話的最後兩句，池安冉勉強擠出一絲笑意附和，擺在桌上的雙手緊緊交握著，似乎正認真思考某件事。

但白曜衍沒空理會池安冉，他專注凝視著站在老師身旁的言允恩，儘管她貌似面無表情，但他輕易便捕捉到她倔強眼神中閃現的焦慮。

感同身受的他，再次從她身上看見自己的影子，這又更進一步激起了他的保護欲。而迫切想保護她的念頭，也戰勝了一切的顧慮。

趁著班導苦思座位如何安排的空檔，白曜衍高高舉起手大喊：「老師，我前面有個空位，可以讓她坐這嗎？」

話一出，全班一片譁然。

在同學眼中，向來對女生不感興趣的白曜衍，竟會主動對新同學示好，大家都感到不可思議。同學交頭接耳，甚至以為白曜衍是膚淺的外貌協會成員。

池安冉嘖了嘖口水，側著頭低聲說：「如果只是為了欺負她……沒必要吧？昨天你跟她吵了一整晚，萬一坐在附近，不就吵翻天？」

「幹嘛管那麼多？你不也很喜歡她？更何況她是你家的新成員。」白曜衍仍緊盯著台上的言允恩瞧，不將池安冉的話當一回事。

「話……話是這麼說沒錯，只是……你剛剛說她是你一個人的……」池安冉囁嚅道，發現白曜衍根本無暇搭理他後，愈說愈小聲，沒人聽得見。

「曜衍想就近照顧新同學嗎？」導師眉開眼笑，拍手表示激賞，不忘提醒：「可以是可以，但不可以欺負她喔。」

「當然，誰都不准跟我搶，我會保護她。」毫不猶豫的允諾。

全班發出陣陣竊竊私語聲。

其中不乏一些類似「男生愛女生」、「動作真快」、「先搶先贏」之類的戲謔語句。

而站在台上的言允恩一下子漲紅了臉，傻傻望向他，她滿腹疑惑，她不明白為什麼昨天還跟她吵得像仇人似的敵手，今天卻如此貼心？這……有詐嗎？

白曜衍忽略她臉上的困惑，朝她友善揮手，露出燦笑，絲毫沒有任何詭異的企圖。

最後，在導師的催促下，她只好無可奈何地朝他前方的座位緩緩走來。

等她走到他面前時，他用只有她聽得見的音量說：「我會永遠陪著妳。」

在此之前，即使池安冉昨晚說了很多白曜衍的好話，言允恩仍半信半疑。

最初，他給她的第一眼印象，是一位渾身透著淡漠氣息與強烈戒心的少年。

現在，她竟看見他眸中閃耀著溫柔微光，試圖消除她對陌生環境所產生的恐懼。

此時的他，可說是完全為她卸下心防，只為輕聲對她許下猶如誓言般的低語。

這份溫暖，似是電流般直襲她的心扉，讓她的心跳莫名失速了。

不管是他或她，他們孤寂的冰封世界，都逐漸產生變化。

向來幽暗的內心深處，因為有了彼此，開始透進一絲溫暖的光……

8

「池——池安冉！」

有道嚴厲的聲音從他上空傳來，喚醒了再次掉入回憶漩渦的白曜衍。

睜開雙眼，他這才想起，自己的靈魂現在是在池安冉的身體裡……

抬起頭，發現剛才在台上認真講課的老師，不知何時已經出現在他的桌前。

而前座的言允恩則轉過頭來，輕撫額頭，無奈看著後座的白曜衍，對他上課打瞌睡的散漫態度感到非常傷腦筋。

「光明正大趴在桌上睡覺？昨晚沒睡飽嗎？」數學老師覺得更傷腦筋，「你的課本在哪？上課都懶得帶課本了？」

言允恩張開嘴，急著想幫他說話，但不料白曜衍回答得更快：「抱歉了，老師，我昨天失眠。」

「年紀輕輕就失眠？青春期的孩子，怎麼就那麼多煩惱咧？」數學老師一聽，長嘆一口氣，懊惱地抓抓稀疏的頭髮，頻頻搖頭。

當數學老師瞄到白曜衍手上的傷時，他更是無奈嘆了幾口氣。

老師本想說些什麼，但礙於考量其他同學的觀感，加上怕傷及白曜衍的自尊，只好緩緩走回講台繼續授課。

下課後，數學老師將白曜衍喚到講桌前，私下對他說：「池安冉，你現在馬上去找輔導主任，我會跟你們導師報備。」

白曜衍百般不願意，但數學老師很堅持，認為輔導主任有能耐開導他，於是他只好萬分不情願地去了一趟輔導室。

儘管他再三強調自己沒有任何輕生的傾向，憂心忡忡的輔導主任和班導仍苦口婆心跟他談了好一陣子。

池安冉在師長心目中是需高關懷的問題學生。

班導甚至還說，課業的部分，會另外找時間幫他額外輔導加強，畢竟因為住院的關係，他落後同學不少進度。

「池安冉啊，池安冉！我也真想當面問問你，你為什麼這樣折磨你自己……是因為你對我存有愧疚嗎？我真的有這麼偉大嗎？你說啊！」走出輔導室時，白曜衍對著外頭窗戶的倒影怒斥。

一旁走過的學生還以為白曜衍純粹只是自言自語，他們面面相覷，無聲地交換內心的想法：池安冉這人，果然病得不輕。

第四章

我始終無法忘記妳，無法擁有的妳

1

「白曜衍！」

拖著沉重又疲憊的步伐，他才剛要踏進教室，馬上聽見班上傳來躁動聲，有人高聲喊出他的名字。

一瞬間，他的疲憊感全都消失無蹤，他瞪大雙眼，渾身起了一陣雞皮疙瘩。他感覺前所未有的清醒。

他本以為自己聽錯了，但緊接著班上再次響起歡呼聲。

「白曜衍！天哪！耀眼王子！」

「真的耶！總算回來了！快暈了……」

班上女同學興奮的尖叫。

他忍不住訝異的想，只因為去了一趟輔導室，回來後就變回原本的身體？

他懷疑這若不是在作夢，不然就是一場惡作劇。他用力捏了捏自己的臉，感覺很疼痛，確定不是作夢。而眼前，同學們激動又鼓譟的尖叫聲，不像在演戲。

他幾乎快喜極而泣了。

他比誰都還想念自己那超凡脫俗的高顏值，縱使池安冉擁有媲美偶像藝人的絕美五官，但畢竟不屬於自己，左看右看，橫看豎看，就是不習慣。更別說，每次換衣服或是洗澡的時候都挺尷尬的，就算是同性……

班上同學仍不斷發出歡呼聲。

——所以，變回來就只是一瞬間的事？不需要經過任何步驟？

站在門邊的白曜衍閉上雙眼，因太過陶醉於這美好的一刻，太過得意忘形，情不自禁高聲吶喊：「沒錯，你們都認出我來了，我，就是白曜衍本人，你們眼中的男神……」

剎那間，全班一陣靜默。

每個人都停下手邊的動作，轉過頭來看他。

下一秒，有人冷不防打破沉寂開口：「男神……」

白曜衍本以為對方是想附和他。

沒想到，他完全搞錯了。

「男神……」對方拖長尾音，話中帶刺：「……經病吧？」

「天哪，我沒聽錯吧？池安冉在胡說什麼？瘋子！」另一個人接著說。

「池安冉算哪根蔥呀？自以為是誰呀？」

「說實在的，好看歸好看，但太陰——沉了。誰也比不過我老公！」

同學們的奚落聲此起彼落，無一不對他露出不屑的表情。

所以，沒變回來囉？他像是被拋到半空中，又一下子往下急速墜落……內心的失落感無法言喻。

幸好他及時扶著牆壁，才能勉強站穩。

他仔細想一想，就算真的忽然變回來，應該會出現在醫院或是自己的住處。

因為是靈魂對調，所以假使真的變回來，現在站在這裡的人，應該是池安冉。

可是，他覺得很奇怪，同學們為何平白無故提起白曜衍這個名字？不至於是在整人吧？

才這麼一想，他聽見班上同學繼續就剛才的話題，七嘴八舌地熱烈討論著：

「消息是由經紀公司發布的！聽說前幾天就醒了！」

「所以，我們曜衍現在人還在醫院囉？光是醒過來這點，就是不幸中的大幸了！」

「上次看到新聞的時候，我都快嚇死了呢！」

「總算沒事！感謝神啊！」

——沒事……才怪。

白曜衍內心發出不屑的咒罵。

這時，有人從後輕拍他的背，往後看，原來是一臉帶著似笑非笑神情的言允恩，她正巧目睹了這一切：他犯傻說出蠢話，被眾人嘲笑的愚蠢畫面。

白曜衍恨不得挖個洞躲起來。

「待會，私下聊一下好嗎？」

2

體育課的時候，老師點名完，帶全班做完暖身操後，便宣布自由活動。

吵吵鬧鬧的體育館裡，學生們要不是結伴打球，就是聚集在牆邊聊天，甚至還有人專心窩在角落，忙著背誦下一節要考的英文單字。

白曜衍已經很久沒運動舒展筋骨了，他想趁此機會好好放鬆一下。

正當他從器材箱裡拿起球拍時，言允恩冷不防現身攔住他說：「手不是還沒完全好嗎？」

「其實也還好，沒那麼嚴重吧？」瞄了手腕處未包紮上藥的傷口一眼，視線又禁不住投向室內網球場的方向，他覺得後者太令人心動了。

「不行，萬一傷口裂開怎麼辦？」言允恩奪走他手上的球拍，將它扔回木箱裡，接著強硬拉住他沒受傷的那隻手，逕自往體育館大門的方向走去。

「妳在想什麼？難不成要翹課？」白曜衍納悶，不情願地跟著她走。

「當然——不是！」她刻意加強尾音，迅速解釋：「我有先跟老師報備過了，他同意讓我陪你去健康中心包紮傷口。而且，剛才下課時，我說要跟你私下聊一下，你不是也同意了嗎？在去健康中心的路上，順便聊一聊，不為過吧？」

「哈。」聽完她所說的話，白曜衍乾笑了一聲，沒說什麼。

現在，令他在意的事，根本不是私下聊這件事，而是她話中的另外一件事。

「笑什麼？」言允恩皺起眉頭問。

走出體育館，並確認外頭沒人後，白曜衍終於開口：「為什麼去健康中心也要人陪？笑死人！池安冉又不是三歲小孩！妳打算寵溺他到什麼時候？一直以連名帶姓的方式互稱彼此，也不互稱兄妹，你們想維持曖昧不清的關係多久？難不成，妳真的就那麼愛他？」

覺得他提出的問題很蠢，她不假思索回答：「沒錯，很愛！」

聽到她口氣篤定，他的心瞬間涼了半截。

他只是想故意逼出她的答案，但一聽到答案又覺得心寒。

莫大的嫉妒再次占據他的心，基本上，這一幕與三年前的膠著情況如出一轍。

絲毫不因時間的流轉而產生改變。

他本以為時間能幫助自己療傷，並克服一切，但事實上，完全相反。

他很火大，比以前還要火大。

手腕的傷隨時都會癒合，但胸口的痛，絕對不可能不藥而癒。

他很生氣，同時又痛心，幾乎快到抓狂的程度。

於是，他停下腳步，甩掉她的手，不再順著她的意思往前走。

言允恩也索性停下來，兩人就以宛若對峙的短距離，站在體育館入口前方的空地相互對視。好半晌，他們就這麼站著不發一語的凝望彼此，氣氛僵硬。

直到忍無可忍，言允恩按捺不住輕嘆一聲，臉上滿是深沉的無奈，以埋怨的口吻說：「你何時才會停止說些幼稚的話？」

她以為相隔三年，白曜衍的個性會變得更成熟，事實上，似乎還是很幼稚。

「你？」白曜衍冷笑著，不以為然反問：「哼，我倒想聽聽，妳口中的你，指的究竟是我，還是那位該死的池安冉？」

「廢、廢話！還用得著問嗎？」

她言不由衷的別過臉去，望向體育館建物對面那一片綠意盎然的草坪，實際上她的眼中沒有任何聚焦的點。

「怎麼？」他窮追不捨說：「到現在，都過了三年，妳還是寧可選擇池安冉？妳總是將他擺在第一優先的順位。」

她緊抿著嘴，用手指快速抹拭眼角泛出的淚水。

沉默半晌，深吸一口氣，她以不甘示弱的姿態回敬：「為什麼都隔了三年，到現在你還在耍幼稚？順位？我不懂你在說什麼。對我而言，你和他，都同等重要。」

「哦？妳剛才說『你和他』？聽起來，妳現在好像真的想起我是誰了？」他挑眉，嘲諷意味濃厚。

「是啊，從你說出這些幼稚又愚蠢的話之後，我更加肯定眼前這人，真的是你了，我本來還有點懷疑呢！」她氣沖沖回嗆：「更何況，池安冉跟你不一樣，不會說出這麼幼稚的話，他不會要我選邊站。」

「幼稚？」他勾起嘴角，兩手插在口袋裡，瞪著她說：「真正幼稚的人，不是妳向來最寵愛的池安冉嗎？就算他犯下天大的錯，傷害了我們，到最後妳也都會原諒他。不，妳比他還幼稚！妳真以為我們三人有辦法維持永遠的平衡？」

「難道不行嗎？難不成因為我們交往，就要跟他絕交？我，做不到！」她愈說愈激動，氣得握拳，呼吸也跟著急促起來。

他以同樣忿忿然的表情回應：「妳還搞不懂嗎？就是因為他，我們才分手的！我們之間會有嫌隙，都是他害的。」

「你把逃跑的錯全都歸咎於他？那你呢？說得置身事外，你不也是讓嫉妒心毀掉一切的人？我和你，你和他，我和他，通通都因為這些奇怪的堅持，變得再也回不到最初──」話說到一半，她為之氣結，再也說不下去了，傷心的眼淚終於忍不住簌簌落下。

3

——「最初」？

倘若能回到最初該有多好，回到所有事情的起點，永遠讓時間停駐在那，不再流動……然而，說到底，這根本是自欺欺人。

最初，誰也沒料想到愛情竟會毀了三人原有的羈絆。

白曜衍並不想回到原點，他很貪婪，他承認，他想要更多，比言允恩和池安冉想像中還來得多更多。

對他來說，愛情的排他性，有存在的價值和必要。因為，這種無外人介入、不分享的愛，才會是幸福的。不願分享。就算以友情之名，也不行。一旦嘗過愛情的甜美滋味後，世上所有的事物都變得淡而無味。

他很感激池安冉擔任稱職的好朋友，堪比兄弟情誼，太過勝任了，以至於最後逾越自身的本職。

池安冉，應該乖乖地守在友情的範圍內，不該介入。

甚至，當友情褪色之際，快被排擠出去前，都不應該有任何多餘的掙扎。

適時的放手。

對彼此都好？

八年前，機場——

「二選一。」有人這麼對他說過。

「只能二選一。」告誡。最終，成為時時銘記在心、不可忘卻的箴言。

比三年前還要久遠，那時他的年紀真的還很小。小到沒有能力反抗一切。

距離登機還有不少時間，足夠買些好吃的甜食墊墊胃，解決孩子內心的不安及焦慮感。

長大後的白曜衍，對朋友們說討厭吃甜食也純屬騙人。

然而，當年，九歲的他，年幼又天真，還沒學會口是心非的虛假模樣。

站在商店櫥窗外，將琳瑯滿目的甜點來來回回掃視了好幾百遍，他想要從中挑選出造型最可愛、最可口的巧克力餅乾，但數量很多，實在沒有辦法輕易下決定。

最後，他選了其中兩項。

雙手各別指出甜點的品項。

一名穿著打扮高雅時尚的女子，站在他身邊，清冷的聲音不忘囑咐說：「只能二選一。」

「媽媽，我想要這個，和——這個。」他轉過頭，跟身旁的女人說。

女人臉上閃過一抹淡淡的無奈，她重複了一次：「小曜，聽不懂我說的話嗎？我說你只能二選一。」

「可是……」他猶豫了，希望母親能夠破例。

「說過了。算了，我幫你選好了。」

語畢，女人直接請店員將他所選的其中一項商品結帳。

他只能眼巴巴望著被遺漏的那一小盒餅乾，心裡不免感到不捨和眷戀。

但母親絲毫不給任何可商量的餘地，她牽起他的手，帶孩子離開了商店。

旋即，小小的他，被抱到機場長椅上，最角落的空位。

他整個人躺靠在椅子上，雙腳晃啊晃啊，不時疑惑地抬頭望向站著的母親。

但她沒有跟著坐下，反而焦躁地看著一旁的時刻表，似乎在等待著什麼。

這次的行李箱，裡面並沒有塞他的行李，但她還是帶著他一起到機場來。

隔了大約幾十分鐘，她的目光忽然望向後方機場門口的不遠處，而坐在椅子上茫然滑手機的他，也跟著抬起頭，順著母親的視線望過去。

越過機場內來來去去的旅客，他看見門邊站著一名身穿黑色西裝的男子，身形筆挺壯實，看起來像是保鑣或是管家來著的身分。

對方表情嚴肅，不苟言笑，但很明顯的，正在跟母親交換視線，還示意似地略微點頭。

母親的嘴角勾起一抹自嘲的淺笑，而那種笑容，印象中通常都是風雨前的寧靜。

「小曜，接下來我對你說的每一句話，你都要牢牢記住才行，不准反駁我。」

她在他隔壁的空位坐下，以一種優雅的坐姿，輕輕把手放在自己的膝上，平日她只要表現出這種姿態時，就是打算訓斥孩子的前奏。

他擔心自己要挨罵了，焦慮不安地將身子挪前，雙腳重新著地，轉身面對媽媽。

「小曜，你還真是給媽媽出了一道難題呢！」她定定看著他。好半晌後，她拿出包包裡的手帕，將孩子殘留在嘴角的餅乾屑屑擦拭掉，才繼續神色凝重地說：「關於這件事，我已經思考好幾個月了。」

「什麼難題？」他仰起頭，不解。

「你年紀還很小，也不可能完全聽得懂我所說的話。」母親自言自語般說著。

「學校每個老師都稱讚我很聰明！」他自豪地對母親炫耀，希望能獲得誇獎。

「就算這樣……算了，我現在要跟你說的事情，你以後長大了，就會慢慢明白。」她無奈苦笑，又接下去說：「記住，從今天開始，你可以忘記媽媽，或是恨我都沒關係，可是，你必須牢牢記住我今天所說的每個字。」

「忘記媽媽？為什麼？」他詫異，睜大圓圓的雙眼。

情緒。

「因為，媽媽我……」她猶疑了半晌，字句卡在喉嚨處，思量著要以怎樣的方式才能緩和

「媽媽，妳怎麼了嗎？」他擔憂地皺眉，將小手伸上前去，想握住她冰冷的手。

但她卻迅速將手從膝上挪開，以銳利眼神無聲示意他聽話。

於是，溫順的他抿起嘴，怯懦地將手收回去，一動也不動地盯著她的臉瞧。

她低垂那雙透著淡漠神色的眼，盡可能不表現出溫柔的一面。

說的也是，連日以來，她這種刻意保持距離的冷淡態度，已經維持了一段時日。起初，她沒辦法完全熟練，後來竟逐漸習慣。就算不忍心，也要裝得很熟練，如同催眠人心的謊言，說久了，一定會變得愈來愈逼真。

以前，總或多或少會為他準備三餐，後來，她索性直接提著袋子回家。裡面裝的是熱騰騰的食物，卻從來比不上親手準備的溫度。

感覺上，只是在餵養一隻即將被丟棄的幼犬。

但隱約知情的他，仍然努力不朝壞的角度想，他想著，也許是那個看起來自以為是的男人害的，那男人又惹母親傷心了吧？

不知從何時開始，每次在家，母親只要接到那男人的電話，就會發狂又歇斯底里地胡亂嘶吼。

她掛斷電話後，又會像瘋子似地在家裡猛摔東西，特別是砸爛對方送的禮物。

一開始，他會怯生生上前去安慰，但母親總是用怨恨的眼神怒視他，不准他接近。

後來，他開始學會將發抖的身子縮得很小，獨自躲進黑漆漆的房間角落，並假裝對眼前所見視若無睹。

「從今天起，媽媽要去很遙遠的地方生活。」

「遙遠？很遠的地方嗎？」

「對，遠到我們沒辦法再見面的地方。」她信誓旦旦答道：「因為很遠，所以沒辦法帶你去。」

害怕真的被扔掉，他死命搖頭，顧不得媽媽反對，他撲上前，將頭埋進她的懷裡，大嚷：「不要！我……我也想跟媽媽一起去旅行。」

媽媽用力將他推回位子上，板起臉來，斥責：「剛才不是叫你不能反駁嗎？都不聽媽媽的話囉？」

被推回椅子上的他，朝她苦苦哀求：「媽媽，對……對不起，可是拜託不要把我丟掉。」

「當然不可能把你丟掉……你啊，以後就會過很好的日子，爸爸有派人來接你。你剛才有注意到吧？那位站在門口附近的叔叔，是你爸爸派來接你到新家的管家，你以後也會有新的媽媽，所以，你會在那裡過得很快樂，很……幸福。」

媽媽指了指站在不遠處那位正在講手機的黑衣男子，她臉上勉強擠出一絲牽強的笑容，想安慰正紅著雙眼，淚水在眼裡直打轉的孩子，但下一秒她卻又緊握雙拳，逞強的克制住這個想法。

年幼的他，知道快樂的意思。

但幸福呢？

幸福又是什麼意思呢？

幸福，對一個人而言，是很抽象的概念。

更何況，對一個懵懂無知的孩子而言。

然而，對一個懵懂無知的孩子來說，對幸福的理解就是，只要聽到有人提到自己很幸福這幾個字，那些人的嘴邊就會不禁漾起沉浸其中的笑意。因此，想必幸福，是比快樂，還要更快樂好幾千百倍的意思吧？

儘管，在此之前，他從來沒聽過媽媽說過幸福這個詞。

這個詞，是第一次從母親的嘴邊說出，而且居然是在她決定將他拋下的這一刻……

別人口中說出的快樂字句，透過母親的嘴說出後，聽起來竟如此恐怖，令人驚懼。

幸福，他寧可不要。

「我不要！我不想要幸福！我只要跟媽媽在一起！」

激動說完後，他忍不住嚎啕大哭。

一旁候機的乘客，紛紛朝他們投以側目，以為這孩子在耍任性，他們猜測他是因為和母親暫時離別，而失控亂發脾氣。

「閉嘴，別哭！」媽媽心急之下，為了避人耳目，只好將孩子摟進懷裡安撫，並低聲說：「小曜，你是想害媽媽當眾丟臉嗎？」

——不想。

他用力搖搖頭，但在淚水無法止歇的情況下，他一句話也說不出來。

抱著他的母親，輕輕拍了拍孩子的背，以語重心長的語調說：「當初……當初本來就不該留你，媽媽應該要把你留在黑暗中，早知就不將你生下來，才不會拖到現在……不只媽媽被人家笑，被人家在背後指指點點，連你也跟著一起受罪。」

他似懂非懂地聽著。

母親說話的同時，心跳急促，渾身抖顫，一點也不像平常總在外人面前裝出高雅模樣的她。但因為被抱在懷中，所以他沒有辦法看見她臉上的表情。

「小曜，媽媽已經受夠這種生活了，我不想再躲躲藏藏了，只為了一時犯下的錯，澈底誤了自己的人生！等你長大以後，一定也會和我有一樣的想法。你呢，和我一樣，過著見不得光的生活，一點也不光彩的生活。從你出生的那一刻起，我就知道了。你呢，就是那種見不得光的孩子，所以我故意將你取名為曜衍，和耀眼奪目的耀眼同音……總不能連名字都見不得人吧？」她頓了頓，不管孩子聽不聽得懂，她依然堅持把話說完：「本該躲在黑暗中的你，很幸運的，你爸爸還願意收留你，從今以後，你會過得很幸福，那是個經濟優渥的良好環境。所以請你也饒了媽媽吧，讓媽媽從此過著平凡的日子，我不想再被說三道四了……雖然聽起來很自私，但對外，就說我死了吧，把我，澈底從你的生命裡刪除吧。因為我對你做出這麼殘忍的事。」

她的聲音聽起來有點沙啞，帶有些微哭腔。

停頓半晌，她又繼續說：「媽媽也曾猶豫過，該選小曜，還是該選擇另一個平淡無奇卻幸福的生活？不管怎樣，都只能二選一……有這個，就沒有另一個。猶豫了好久、好久。最後，才做出這項自私的決定。老實說，媽媽也曾對你爸爸出過這道難題，可是，他……他沒有選我。這意味著，他不夠愛我。如果他只選擇我，代表他的愛才是真的。」

母親再一次奮力將哭哭啼啼的他，無情從懷裡推開。

這一次，她臉部的表情變得格外冰冷，格外陌生，就像在對一個全然陌生的對象說話。

他幾乎無法分辨出母親的話是真是假。

「未來，等小曜長大以後，當你遇見真正喜歡的人，如果懷疑對方是不是真的愛你，就問她這個問題……這道二選一的難題。假如對方答得出來，選的人是小曜的話，表示她是真正愛你的人。」媽媽再度自嘲笑了笑說：「那樣的話，就表示那個人，和媽媽我不一樣，非常不一樣，因為我還不夠愛你，所以沒辦法選你。在遙遠的某個地方，住著一位好人，他比你的親生爸爸還愛我，他毫不考慮就選了我，但條件是，不能讓你跟著我。所以，這就是我為什麼不能帶你一起走的理由。愛……愛是自私的，為了留住稀有的幸福，一定要割捨一切能夠用來證明真愛的東西。」

她果斷站起身，抹去臉上殘留的最後一滴淚水，吞了吞口水，深吸一口氣，神情堅決地望向茫然呆坐在椅子上的孩子。

她的身體往後挪了一大步，好讓自己離他遠一點，試著平靜自己的心情後，又恢復成向來清冷的語氣：「好了，時間快到了，媽媽要走了。從今以後，忘了我，但千萬別忘記剛才我對你說的那些話。」

連一句再見也不說，她竟就這樣拉起行李箱，頭也不回朝登機門的方向走去，似乎真的鐵了心不帶他一起走。

從恍神中驚醒的他，迅速從椅子跳下，像隻被主人不預警拋棄的小狗狗，一心一意朝母親直奔過去。

但卻在猝不及防的情況下，被一道中途竄出的身影強行攔阻，對方強硬制止他繼續往前跑。仰頭注視來人，他發現是那名原本守在入口處的黑衣男子。對方神色嚴肅，渾身透著令人窒息的冷漠，與其說像管家，倒不如說是陰間使者還更為貼切。

從此，他被帶入了黑暗的深淵，開始過著媽媽口中所謂會很快樂，很幸福的日子……

表面上，他都裝出一副漫不在乎的態度，裝出快樂的樣子，私底下，卻完全相反。

說來諷刺，儘管無法原諒媽媽的行為，但後來當他面對愛的考驗時，他也步上媽媽的後塵，做出同樣惡劣的事，真不愧是身上流有一半她的血的親生兒子。

本以為，言允恩會毫不考慮，義無反顧選擇他。

萬萬沒想到，她卻讓他失望了。

4

他本來還想藉由靈魂交換的機會，在她身邊待久一點。

但自體育課與她不歡而散後，他卻開始期盼能早日換回原來的身體，一刻也不想多待。

坦白說，這三年來，他也曾幻想過，假若他和她再次重逢，彼此會化解心結。

事實證明，不會。

所以，要是有一天，他遇見自己的生母，想必也會是一場悲劇。本來啊，都已經扔掉的東西，有什麼好心疼的？他並不值得被心疼。他自我鄙夷的想著。

於是，體育課之後的每節下課，他便馬上跑出教室外，躲到偏僻無人的角落，搜尋有關白曜衍甦醒後的最新消息。

遺憾的是，即使他試著搜遍所有相關網站，新聞都只略提到，白曜衍清醒後待在醫院的事，後續相關訊息皆得靜待經紀公司發布。

即使他試著撥打自己的手機號碼，但卻始終處於未開機狀態。

就算他想打電話給其他人，也沒人會信吧，八成會以為他是個招搖撞騙的神經病。

只是普通人的他，又該如何混進有隨行保鑣二十四小時監控的病房？就連私生飯想接近目前躺在醫院的白曜衍，勢必也難如登天。何況他又沒有私生飯的特殊本領。

「該死！」

每每上課鐘響後，他都抱著失望的心情返回教室，兩眼無神的望向天花板發呆。

授課老師當面糾正他的行為，指責他沒帶課本又態度散漫，但他就是聽不進去。

他滿腦子都在想著，到底在他原本的身體裡，是否裝著池安冉的靈魂？至於，甦醒後的池安冉又會怎麼想呢？池安冉的心情應該也和當初剛甦醒不久的他一樣，百般糾結吧？

明明在三年前就已經下定決心劃清界線的朋友，命運是多麼捉弄人。

以池安冉身分上學的第一天，白曜衍就在這些煩惱中緩慢度過。

放學鐘響後，坐在前座的言允恩主動轉過身，以不容置否的口吻對他說：「我們一起回家。」

其實早在之前的每一節下課，她好幾次都想主動跟他攀談，但他都會故意衝出教室外，不想跟她有眼神接觸或是言語上的交談。

她想解釋些什麼，試圖要化解兩人目前僵持不下的窘境，他卻不願給她機會。

他不想妥協。

「不用，各自回家。」

他面無表情拿起書包，靠攏椅子後，轉身打算逕自離去。

可是，言允恩迅速起身，緊拉住他不放，她早就預料他會掉頭就走。

都過了三年，她還是這麼了解他。

她早已看穿他逃避現實的性格。

「你不是沒帶錢嗎？」她找了一個好藉口。

「我可以跟其他人借。」他卻斷然拒絕。

隨即，他甩掉她的手，左顧右盼，看看教室還有哪些人在。

「……沒有人會借你的。」她凝視他，聲音有點僵硬。

不。總會有好心人。他心想。

班上還有一些同學尚未離開，他湊上前去，一一詢問他們是否願意借點車錢。

錯了。

大家若不是裝作沒聽見，就是態度冷漠的撇過頭去，根本沒人想搭理他。少數幾位則以錢帶不夠為由，匆匆走開。

在這個班上，似乎除了言允恩一人，大家都不想和池安冉這個人扯上邊。

尤其是在稍早前，白曜衍還以池安冉的身分，惹出了自以為是男神的天大笑話，同學們更視他為異類，不想跟他有任何瓜葛。

即使這並非針對白曜衍本人，但難以言喻的痛楚卻狠狠戳刺在他的胸口。

原因出在於，活在孤立無援的身體裡，如此難堪、令人難受。

鬱悶。焦慮。驚駭。

原來，池安冉一直放任自己活在被無聲霸凌的孤單世界裡。

直到同學全都走光後，空蕩蕩的教室，只剩下他和她兩個人，他才無語宣告放棄，轉過身來，用一種束手無策的落寞神情，面對她。

她眼裡湧起憂傷，擠出一抹安慰的笑容，再次說出那句話：「我會永遠陪著你……走吧，我們，一起回家。」

這一次，她挽住他的手，是一種很溫柔又熟悉的方式。

然後，他們很有默契配合彼此的步伐，慢慢走在這條人煙稀少的走廊上。

彷彿回到了三年前，那段苦澀又甜美的時光。

第五章

幸福，是奢求，是嚮往，
也是我們的回憶

1

在前往公車站的途中，誰也沒主動打破沉默。

上公車後，她才深深吸了一口氣，對坐在身邊的他說：「今天體育課的時候，我們本來可以好好聊一聊，沒想到卻吵了一大架。」

她語氣中不帶一絲歉意，並不認為白天的紛爭是她引起的。

當然，要是他沒突然發飆，他們也不會發生爭執。

「怎麼不說話？還在生氣嗎？」她裝作一抹淡定，聲音卻輕微顫抖。

雖然表面上不說，但她害怕過了今天以後，他會突然像三年前那樣不告而別。

那次爭吵後，心急如焚的她打了上百通電話，白曜衍卻始終拒接，甚至還任性地辦理轉學。

最後，更瘋狂的是，白曜衍以踏入演藝事業為由，火速搬到經紀公司安排的住處，澈底遠離這座城市。最終目的是，離她愈遠愈好。

目的達成了，但當時，他的心早已給了她。

從那天開始，他再也沒有辦法安穩入眠……

等待了大約幾分鐘，因為他遲遲沒答腔，她索性移開視線，轉頭望向車窗。

忽然，他以低沉又略帶感傷的口吻問：「假如，我其實是池安冉，妳會怎樣？」

她詫異地回過頭來，不偏不倚對上了他哀傷的視線。

四目交會之際，他又重述一次：「怎麼回答不出來了？假如我是池安冉，妳會怎樣？」

她的臉上流露出白曜衍不太能理解的表情變化，微微睜大那雙深邃美麗的眼眸。

她專心的思考著，而他則專注凝視她迷人的臉龐。

半晌，她調整好呼吸才說：「這話什麼意思？」

「字面上的意思。」他挑眉。

「為什麼要這麼問？我說過，我已經知道你是誰了。」被他用審視的目光直視，她不太高興。

「哈，是嗎？妳真的知道我是誰？」口氣聽來頗為輕蔑。

「白曜衍。」這次她回答得倒是很乾脆。

「對了，妳本來不是說有些話想聊一聊？妳想問我什麼？」

「沒什麼。」這回她回答得更快了。

他催促，輕輕推了推她的手肘：「說啊，想問我哪些問題？」

「反正問了也是白問。」她聳肩。

「不一定，妳可以現在問我。」

「說了，問了也是白問！」她氣惱說：「那些問題，多半連池安冉也知道答案……現在仔細想想，我已經得到你是白曜衍的證據了。」

「證據？哪個證據？」

她遲疑了一下，臉頰染上紅暈，別過臉去，刻意迴避他的視線：「……就是你比池安冉幼稚的證據。」

「言允恩，妳現在是還想繼續跟我吵是吧？」

「討厭鬼！那不是你的專長嗎？想故意挑釁我！幼稚！」她轉過頭來，氣急敗壞地反擊。

思索片刻，白曜衍才恍然大悟：「幼稚？哦，我想起來了，是分手那天的事。妳那天也說過一樣的話。」

他與她分手的真正原因，是池安冉少數不曉得的一件事。

至於其他大大小小瑣碎的事，幾乎逃不出池安冉的視線和聽力範圍。

但比起探討分手那天的事，言允恩將池安冉的安危看得更重。

她突然伸手拉住白曜衍的衣袖，心神不寧的問：「等等！既然你現在其實是白曜衍，那……池安冉呢？池安冉他……他應該不會有事吧？」

「我也不確定。我有嘗試打電話給他，但手機關機。現在變身成池安冉的我，也沒辦法接近原本的身體。這件事，實在太荒謬了，說出去也沒人會信。」

「那、那怎麼辦？萬一醒過來的人不是池安冉，是別人，怎麼辦？萬一池安冉從此消失不見，該怎麼辦？」她愈說愈激動，表情無助。

不管怎樣，池安冉對言允恩來說，都是她最重要的好朋友和家人，所以，她為池安冉的安危感到操心是理所當然的事。白曜衍雖然能理解，但在兩人的愛情世界裡，白曜衍卻貪心地希望言允恩只想著他就好，尤其是，他不希望她老是想著池安冉……

白曜衍妒火中燒，吼道：「我們之所以分手，都是那該死的傢伙害的，我真的很希望他消失不見，由我來取代在妳身邊的他，對我們兩個來說，不是更好嗎？」

「一點也不──」

她本想開口反駁，但他早已打定主意，不給她任何替池安冉辯解的機會。

他冷不防伸手緊扣住她的下巴，側頭用吻封住她的唇，制止她繼續往下說。

他半斂下眼，眸底盡是挑釁，摻和忿恨難平的妒意，對她故技重施，愈吻愈深，啃咬吸吮著她的唇舌，吻得她幾乎無法呼吸。

氣憤之下，她咬破他的唇，血腥味瞬間蔓延在唇齒間，她奮力將他從自己身上推開，作勢要賞他一巴掌──

他定定地望著她，似是等待著應得的懲罰。

剎那間，她卻驟然瞥見他澄澈眼眸中閃現的無助與脆弱。這和三年前他離她而去的神情如出一轍。

她愣住了。心頭湧上一抹酸澀，沒有打他，只是輕輕用手指抹拭從他嘴角淌下的鮮血。半晌，他垂眸，緩緩開口，語調同樣令人心痛：「我用妳哥哥池安冉的模樣吻妳，而妳，真的清楚自己究竟對誰心動嗎？是對我，還是對他？就像三年前的那一天，在校慶園遊會上，妳還記得嗎？那個吻……」

他真正想問的是，從頭到尾，讓她先意識到這份感情的是……他的吻，還是另一個他的吻？

一切始於那個吻。

那個吻，可說是壓垮三人友情平衡的最後一根稻草。

白曜衍始終對此耿耿於懷，自那個吻後，他的內心被妒意籠罩，容易猜疑，難得溫暖起來的心，時不時便會轉為陰暗冰冷的黑夜。他很擔心言允恩會被搶走，因而對池安冉產生芥蒂和戒心。

但對言允恩而言，那個吻卻是他倆得以順利交往的契機。即使是誤打誤撞的結果，但仍是不可抹滅的事實。此外，某種意義上，她也對池安冉產生了深深的愧疚感，總覺得自己搶走他曾經珍愛的好朋友。她並不想為了追求愛情，而捨棄友情，反而更想做更多事情來彌補池安冉，以至於不知不覺便對他的行為縱容了。

「我、我當然還記得，我本來以為當時已經對你解釋得夠清楚了，」她用微微顫抖的聲音提醒白曜衍，「別忘了，要是沒有那個吻，要是沒有池安冉，我們也不可能那麼快交往。不管他的動機是什麼，他都是我們的好朋友。沒有他的話，我們也不會擁有許多快樂美好的回憶。」

他啞然失笑，一時想不出什麼話好反駁。心情過於沉重，不想繼續和她爭吵。

言允恩早已讀出他的心思，一如往昔，她還是主動示好，輕握住他的手，示意此刻不再與他爭辯，但她也絕對不會為了妥協，而出賣池安冉。

她始終認為，幸福的開端，立基於三人友情之上。

而這，確實是不容置疑的事實。

2

三年前——

就像言允恩所指出的事實，他們也曾有過幸福。

在他與她和他的故事裡。少一個人都不行。

自從國二時，言允恩轉學來班上的每一天起，上學這件事，變得很不一樣。

終歸一句話，他很慶幸池安冉當時介紹他們給彼此認識。無論池安冉的初衷為何，無論是否反悔過，對白曜衍而言，根本不重要。

他不在乎她從何而來，身世背景是好是壞，這些因素都不會影響對她的喜愛。每到下課，他總會不由自主想跟她膩在一起。

而池安冉卻活像是顆多出來的電燈泡，看了就礙眼，成天繞在身邊打轉。以前不覺得煩，但打從認識言允恩的那一刻起，他就覺得快被煩死了。

而對言允恩來說，基於想維持三人世界的平衡，她也只能默默將心事藏在心裡。

這段友情，看似緊密，實質上，卻隨時面臨分崩離析的危險。

然而，三人世界的平衡澈底崩塌的那一天，在白曜衍的認知裡，卻是由池安冉一手釀成。

那天，池安冉竟在眾目睽睽下吻了言允恩。

不管是有意或無意，白曜衍都將之解讀為池安冉絕對是故意的。

三年前的那天，是期待已久的校慶園遊會……

那天，全校各班發揮創意，除了擺攤、撈金魚以外，甚至還開設扮成貓咪女僕男僕的詭異咖啡館，無所不包。此外，也包括各式各樣的闖關活動。

隔壁班的攤位，正巧是充滿粉紅泡泡的愛情闖關活動。其中一項是用巧克力棒傳遞橡皮筋的接力賽。

當著大家的面，白曜衍硬拉著言允恩參加，明知很厚臉皮，但他就是要搞曖昧。

每當白曜衍想拉近彼此距離時，言允恩心跳都會有漏一拍的感覺，但她卻裝作若無其事，害怕被他看透心思。

沒想到一旁的池安冉居然也想一起加入，不顧白曜衍反對，竟擅自卡在他們兩人中間，強行分開了他和她。

「池安冉，你可不可以先滾一邊去？」私下，趁著主持人忙著介紹遊戲規則的空檔，白曜衍朝不時露出靦腆笑容的池安冉使眼色，叫他別不識相搶當電燈泡。

但池安冉堅持，吵鬧著：「我也想玩。」

白曜衍設法想推開他，但池安冉卻像不倒翁一樣不動如山，推也推不走。

以往這種場合，池安冉都會很低調。但這天，他的態度完全判若兩人，似乎擔心那兩人若曖昧到極致，極有可能會順理成章成為班對。

在此之前，打從言允恩轉學來的第一天起，池安冉幾乎成天將「約定當一輩子的好朋友」這句話掛在嘴邊。

拗不過池安冉的白曜衍，表面上勉強順從好友的心意，私下卻暗自盤算著，待會要找言允恩去玩限定只能兩人參加的比賽。

「哨聲響起的時候，就表示比賽開始，各組同學，準備好了嗎？」主持人一手握著麥克風，另一手將哨子放在嘴邊高喊。

眼見別組同學紛紛露出蓄勢待發的姿態，一旁圍觀群眾也發出鬧哄哄的歡呼聲，好勝心強的白曜衍瞬間燃起想戰勝別組的決心。

參賽的最初動機已被拋置腦後，反正池安冉擋在兩人中央，也沒什麼好機會可供他製造與言允恩的曖昧了……

白曜衍不忘在比賽前對池安冉再三交代：「喂！白痴池安冉，你可別扯後腿，否則我唯你是問！記住，少拖泥帶水！」

池安冉猛點頭，笑嘻嘻將巧克力棒啣在嘴上，活像隻將骨頭咬在嘴邊不斷咀嚼的小狗狗。

「千萬不可以偷吃哦，池安冉。」

站在池安冉身後的言允恩也跟著緊張兮兮叮囑，擔心比賽還沒開始，池安冉就先吃完巧克力棒了，那等於不戰而敗。

比賽規則就寫在主持人左邊的螢光告示板上。規則固然嚴格，遺憾的是，第一名的禮物只是一枚不怎麼起眼的隨身碟，但畢竟醉翁之意不在酒。

「好！三、二——一！」

主持人比出手勢，旋即哨聲霎時響起——

站在第一位的白曜衍，拿起長桌上的一條橡皮筋，放在巧克力棒上，迅速轉過身面對身後的池安冉，卻赫然瞥見池安冉嘴上的巧克力棒在比賽前就咬到剩下三分之二的長度了。

他不由得一陣火大，可是又擔心開口會將嘴上的巧克力棒掉在地上，只好克制滿腔怒火，湊上前去，試著將橡皮筋傳給池安冉。

白曜衍向來對玩遊戲有天分，不出幾秒便很有技巧地將橡皮筋傳給池安冉。

只是，不曉得是不是白曜衍的眼神太有殺氣或怎樣，池安冉的面部表情瞬間緊繃，整個人僵在原地，露出不知所措被嚇傻似的笨拙模樣。

「同學，你們組落後別組一大截了哦！」主持人好心提醒。

因為無法開口，心急的白曜衍只能用力拍打池安冉的肩膀，要他繼續將橡皮筋傳給排在後方的言允恩。

池安冉這才驚覺自己陷入恍神，他想點頭，但光是這麼一個小動作就差點把橡皮筋掉在地上。幸好他及時穩住，頭往後仰，橡皮筋才又順著巧克力棒的邊緣滑到他的嘴邊。

這時池安冉嘴上的巧克力棒長度只剩下大約三分之一。

——池安冉，你是嘴饞嗎？還是幾百年沒吃過巧克力棒了？

——該死的傻瓜！

——吃貨！

白曜衍在內心怒吼，覺得理智線快斷裂了，可是實在不想因一時衝動輸掉比賽，他緊握雙拳，非常努力忍了下來。

就在池安冉快將橡皮筋傳給言允恩的前一秒，好不容易鬆懈心情的白曜衍，本已預備轉身準備下一條橡皮筋了。

但在轉身的瞬間，他眼角餘光卻瞥見池安冉霎時變得滿臉通紅，即使言允恩一臉淡定，但池安冉這傢伙似乎不是這麼一回事。

池安冉的臉愈來愈逼近言允恩，那距離近到差點逼瘋白曜衍。

不知池安冉是真的重心不穩，或者真的踢到足以絆倒人的小石子，總之，一切發生得實在太突然，快到讓白曜衍沒法阻止。

他竟只能眼睜睜看著池安冉將嘴巴貼上言允恩的唇。

更誇張的是，池安冉雙手還像是為了保持平衡，硬是按壓在言允恩纖瘦的肩膀上。

一時之間反應不過來的言允恩，臉上瞬間出現錯愕的表情，她的兩隻眼睛睜得好大，流露出驚魂未甫的神情。

她完全沒料到池安冉竟會突如其來親她。

她的臉頰紅得發燙，回過神驚覺不妙後，嚇得往後退了一大步，唇瓣微張，驚詫到說不出半句話。

她根本顧不得比賽還在進行中，更顧不得剛才順勢被池安冉一口吞下肚的巧克力棒。

這突如其來的親嘴畫面，經過極為短暫的靜默後，本來看得目瞪口呆的群眾不約而同發出鼓譟聲。

「……靠！實在是太——太勁爆了！」

「哇哦！天哪，我到底看了什麼？」

觀眾發出連連驚呼聲，不停交頭接耳。

「喂！你、你這該死的傢伙在搞什麼？」眼見心愛的女生當場被好友親吻，火冒三丈的白曜衍突然失控衝上前，緊揪住池安冉的領口不放，怒氣沖沖抓著他質問：「池安冉，混帳東西！你到底在想什麼？你是故意這麼做的吧？」

「有什麼好大驚小怪的？只是不小心腳一滑就親到了。」池安冉露出一派天真無害的表情，彷彿沒預料白曜衍會有這麼大的反應。

白曜衍鐵青著一張臉，氣到渾身顫抖，失去理智破口大罵：「臭小子！你是不想活了是嗎？什麼叫大驚小怪？你這該死又狡詐的傢伙！你怎麼可以大言不慚說出這種話？你怎麼可以親她？還說什麼不小心！」

「真的……真的就是不小心的，你的反應會不會太激烈了？當事人都沒說什麼了，你幹嘛啊你？」池安冉咕噥埋怨。

白曜衍眼角餘光瞥了站在旁邊的言允恩一眼。她雖然看起來惱惱，可是又不願與池安冉計較，同時還一副擔心他們會打起來的模樣。所以，只有他一個人反應太過激動嗎？

他挽起兩手的袖子，一會兒鬆了鬆領帶，一會兒又反覆吸氣吐氣，試圖壓抑住想當眾狠狠賞好友一記拳頭的瘋狂念頭。

池安冉擺擺手，滿是無奈的表示：「有必要那麼生氣嗎？不然還給你好了。」

「還、還給我是什麼意——」白曜衍一頭霧水，不瞭解好朋友話中的涵義，他歪著頭思考，不由自主鬆開了原本揪住池安冉的手。

話還沒說完，池安冉就忽然湊上前，直接對準白曜衍的嘴親了下去。

由於這次速度更快，白曜衍根本連閃躲的機會都找不著，他萬萬沒想到池安冉的身手會是如此靈活矯健。

「好了，這不就還你了嗎？別計較了。」

一旁的言允恩雙手摀住嘴巴，吃驚到連一個字也說不出來。

更別說白曜衍了，他臉色慘白的杵在原地，內心百感交集，又氣又無言。

在場所有人都驚呆了。

這一幕對圍觀群眾造成非比尋常的震撼感，大夥都看得一愣一愣的，這次竟連驚呼聲也沒有，每個人幾乎都看傻了眼，發不出聲。

大家萬萬沒想到，這三人的關係竟然會是如此……非比尋常？

一想到這下子就算跳到黃河也洗不清了，白曜衍整個人的思緒一片空白，頭昏腦脹，無話可說。

隨即，池安冉竟又咧嘴一笑，露出時常被人稱讚可愛的小虎牙，心滿意足的提議：「就別生氣了，我們三個去玩撈金魚吧？與其玩這個無聊的比賽，我比較想玩撈金魚。」

3

校慶日當天的午休時間。

私底下，言允恩正忙著安慰氣頭上的白曜衍，想勸他原諒池安冉。

但白曜衍卻一句話也聽不進去。

「言允恩，妳不覺得他腦袋有洞嗎？一點也不顧慮別人的感受就隨便亂親，簡直是個變態！」白曜衍忿忿然搖頭，隨意往身旁一張空椅子坐下。

「算了吧，他又不是故意的。」言允恩嘗試安撫他，拉了一張椅子，坐在他對面，柔聲說。

每次她想說服他時，都會刻意放低音量。這種輕聲細語的溫柔口吻固然令他心軟，但只要一想到她是因為池安冉的關係才這樣，他就會沒來由發火。

白曜衍一手捶打介於兩人之間的桌面，不爽地吼叫：「誰知道他到底在打什麼算盤？他以前明明不是這種人！怎麼現在老是想要拆──」

門外傳來腳步聲，白曜衍馬上住嘴，將視線從言允恩臉上移開，往門口望去，發現來人是已被白曜衍罵到兩眼發紅的池安冉。

池安冉抱著三瓶礦泉水，走進這間三人平時聚會的祕密基地。

說是基地，其實這裡只是圖書館內較為隱密的小型自修室，平時這附近人煙稀少，尤其在校慶根本沒有人會來。

多數同學都守在攤位內忙著賺錢、玩耍，或者結伴在校園內隨興閒逛、聊天。

池安冉帶著愧疚緩緩走上前來，小心翼翼將懷中的礦泉水放在桌上。

白曜衍冷哼一聲，抬起頭，斜睨了呆立在桌邊的池安冉一眼：「以為言允恩的初吻就值一罐礦泉水嗎？親都親了，擺明就是想奪走言允恩的初吻，說什麼腳滑，說是狡猾還差不多。」

「初──你怎麼會知道？」言允恩臉上泛起紅暈，訝異張嘴問。

她沒想到白曜衍竟然會曉得那是她的初吻，而且他還一直為此抓狂，遲遲不肯原諒已經說了千百次抱歉的池安冉。

白曜衍見她難得露出害羞的模樣，突然也跟著害羞起來，但因為擔心她察覺自己的心思，情急之下竟口是心非的急著辯解：「因、因為……我就是知道！喂！言允恩！誰叫妳長得那麼好笑，這下可好了，澈底引起變態池安冉的注意了！」

大力拍了一下桌子，言允恩這次是氣到臉色發紅，整個人都炸毛了，她不悅地叫著：「你到現在還覺得我長得很好笑？」

「……本來就長得很好笑，要我說一百次嗎？沒問題！言允恩長得很好笑！言允恩長得很好笑！妳長得很好──」

「喂！白曜衍！你長得更好笑！這下可好了，澈底引起池安冉的注意了！」

她學得有模有樣，只不過自動省略變態兩字。

白曜衍嘆了一口氣，他靜默不語起身走到窗邊，打開窗，好讓外面涼爽的風徐徐吹進來。

他非常討厭和言允恩爭吵，討厭口是心非的自己。討厭至極，卻無能為力。

他氣憤想著，自己真是個心口不一的膽小鬼。說不定池安冉還比他勇敢好幾倍，畢竟池安冉都主動出擊了。就算池安冉矢口否認，直說自己不是故意的，又能改變什麼？

視線往窗外眺望出去，他發現下方不遠處的樹下，有一對看似情侶的學生正在樹下耍浪漫，兩人的身體貼得很近，疑似要接吻了，而那個吻很明顯是你情我願……

突然一個念頭閃過腦海，白曜衍移開目光，關上窗戶，迅速轉過身，對還傻愣愣站在原地發呆的池安冉命令道：「喂！池安冉，我肚子餓了，去買點東西回來給我們吃。懲罰你跑腿，誰叫你剛才做蠢事。」

聞言，言允恩站起身來，雙手叉腰，語帶責備地出聲制止：「白曜衍，你以為池安冉是你的小跟班嗎？我們都是好朋友，哪有好朋友幫忙跑腿的？而且圖書館裡面不能吃東西吧？」

「等一下再帶出去吃就好了。」白曜衍故意忽略她前面所說的話，只針對最後一句話回答。

「再怎樣也不能命令他——」

白曜衍沒搭理她，視線越過言允恩，直視眨著無辜雙眼的池安冉，重複一次：「快點去啊！

肚子都快餓扁了！」

池安冉張嘴，欲言又止，直覺白曜衍想支開他這個電燈泡，但他還是照做，悶不吭聲便跑出去了。

白曜衍快速走到門邊，探頭出去張望，確定池安冉沒有躲在門外才關上門，上鎖。

「你幹嘛？」言允恩蹙眉，困惑的問：「你鎖上了，待會他回來打不開怎麼辦？」

她走過來，想要重新把門打開。

「就是要讓他打不開。」白曜衍咬牙切齒的答道，手還放在門把上。

「為什麼——」

但她沒能說完，白曜衍立即旋過身，一個箭步向前，以迅雷不及掩耳的速度，將言允恩整個人直接壓在另一側的牆壁上。

他兩手搭在牆上，不帶笑容地凝視著她，將臉慢慢朝她湊近。

言允恩被他這突如其來的舉動給嚇傻了眼，而且兩人距離如此接近，使她情不自禁感到心跳加速。

她的背緊貼在牆壁上，她不明白為何白曜衍會突然露出這麼認真的表情，緊盯著她的臉看，卻不發一語。

「幹嘛？我、我的臉上有什麼嗎？」她手足無措嚷道。

白曜衍嚴肅地問：「喂！為什麼不責備池安冉？他都隨便親妳了，妳真的無所謂嗎？這樣代表誰都可以隨便親妳嗎？」

「不是這樣的，我只是不想鬧翻……當時大家都在看，我不想把場面弄僵，何況他也不是故意的……」言允恩囁嚅回答。

「不管他是不是故意的，妳如果不喜歡的話，就要當場斥責他！」他怒氣沖沖提出糾正，遲了幾秒又補充一句：「除非妳……也喜歡他？」

「我是喜歡他啊！他是好朋友，我們都是好朋友！」言允恩理直氣壯大叫。

白曜衍揚起眉毛，吼了回去：「去他的好朋友，別跟我瞎扯！還是妳以為，只要是好朋友就可以未經允許隨便到處亂親亂吻？萬一妳被大家以為是隨便的女生怎麼辦？妳就不擔心嗎？」

「你是怎麼搞的？你瘋了嗎？白曜衍，別這樣好不好……」

沒有正面回答，她嘗試想逃脫他的箝制，但他不留給她機會，單手霸道地緊握住她的肩膀，使力將她重新按回牆上。

「妳是因為得長期寄宿他家，所以才容忍他嗎？對他處處包容？連初吻都可以這麼隨便？」他忿忿地對她大喊。

「你、你憑什麼這麼認為？不覺得說這種話很傷人嗎？」她眼眶泛淚，聲音變得哽咽。

「不然妳搬到我家好了，我求我爸媽讓妳借住，住多久都沒關係，一輩子也可以！反正這樣一來，表示我也可以用這個名義，對妳予取予求，親吻或是摟抱什麼的都可以樣樣來，妳是這樣——」話才說到一半，他立刻就想起之前在車上與池媽媽的約定，池媽媽希望他別把言允恩寄宿池家的事透漏給白家。

幸好，下一秒，他聽見她氣憤難耐的回絕。

「不用！白曜衍！你當我是什麼？」她真的氣炸了，全身止不住抖顫著，兩行淚水從白皙的臉上滑落，聲音發抖：「你能不能適可而止，停止說這麼傷人的話！」

「我偏要說！怎樣，妳不就——」

倏地，盛怒的她，啪一聲，一巴掌打在白曜衍的臉上。

被她賞了個響亮巴掌的白曜衍，卻一點也不生氣，因為他知道自己深深刺傷了她的心。

「對不起，我只是在吃醋……」猶疑了好久，他總算說出真正的疑惑：「事實上，我想知道的是，妳……言允恩，妳喜歡池安冉嗎？我指的是男女朋友的那種喜歡。」

她眼眶裡仍帶著淚光，微顫的目光稍微從他臉上挪開，思考了一陣子。

但在白曜衍看來，卻久到能讓他發狂，他很擔心下一秒待她開口揭曉答案時，他會澈底崩潰——然而，當她又將視線移回他眼中時，他看到的是一個堅定的眼神。

隨即，她一字一字慢慢對他說：「我喜歡他——」

光是聽到這句話，他瞬間感到全身發冷，心一沉。他非但沒有抓狂，反而是渾身氣力全都逐漸被抽乾，像是整個人頓時沉入大海，猶如浸泡在絕望的冰水之中——

但接下來，她的話更讓他驚訝了，她忽然伸手摸了摸他白潔光皙的俊美臉龐，用發自內心的真摯語調表示：「……但別再誤會了，我對他的這種喜歡，是出於好朋友那樣的喜歡。白曜衍，我真正愛慕的人，不是他，是你。」

他的胸口猛然一跳，在歷經絕望又重獲希望之際，情緒峰迴路轉，最後達到了一個巔峰，感覺到了前所未有的快樂。

而這種快樂，任何言語都難以形容，任何事物都無法比擬，他確定這就是所謂的幸福。

真正的幸福。

不可思議的幸福。

在這神奇的一刻，實現了。

「……妳在整我嗎？」他又好氣又好笑地問。

她輕輕搖頭，低下頭去，一片緋紅染上了她漂亮迷人的臉龐，她的心狂亂跳動著，正躊躇該說什麼才好。

不等她回答，一言不發的他，一手托起她的下巴，再次將臉湊近她，溫軟的唇擦過她紅潤的唇瓣。

半晌，他才以低沉的嗓音，在她耳邊輕聲呢喃：「我喜歡妳的程度，比妳多很多倍，是妳永遠無法想像的程度。」

為了掩飾害羞，她露出不認為自己會輸的表情，想說些什麼反擊的話。

但他卻又霸道地以熾熱的唇封住了她的嘴，想藉此證明他真的很喜歡她，喜歡到難以喘息的程度。

他們從來沒想過，這一切全都是拜池安冉的那個吻所賜。

4

兩人興高采烈手牽手，相偕走出自習室，幾乎把池安冉給忘了，門邊一只被棄置的袋子卻同時吸引他們倆人的注意。

「這該不會是……」言允恩皺眉，喃喃自語。

她隨即鬆開白曜衍的手，彎下腰，拿起放在地上的袋子。

打開一看，果然和她猜的一樣，裡面裝有池安冉為他們買來的午餐。

「哼，那臭小子居然買完東西就一溜煙跑掉！」白曜衍忍不住發出嘀咕。

言允恩默默盯著袋子裡的食物，發現裡面的熱食摸起來早就涼了，看來已經丟在這裡好一陣子了。

她心裡有一種說不出的難受感，也許是愧疚，也許是不捨。

「你想，池安冉會不會都聽到了……」她有點擔憂的抬起頭，向身旁正在用腳輕踹牆邊的白曜衍說出內心的疑慮：「他應該不會以為我們把他排除在外吧？」

「排除？什麼意思？」白曜衍不懂，停下動作，納悶轉過頭來定睛看她。

言允恩焦躁不安回答：「他不是常說希望我們永遠是朋友嗎？我怕他剛才有聽到我們說的話，所以才扔下食物就跑掉。」

「哼，我們和他還是朋友啊，沒變啊！況且，套一句他上午說過的話，他的反應會不會太激烈了？我和妳從朋友變成情人，他也管不著吧？我沒有因為他擅自奪走妳初吻的事情揍他，他就要偷笑了！」白曜衍不以為然表示，停頓幾秒後，又改以戲謔的口氣說：「誰知道他會不會跑去上廁所？還是去玩他最愛的撈金魚了？他不是很想玩撈金魚嗎？我們沒陪他玩，他一定很生氣。」

「……是這樣嗎？」她很希望藉由白曜衍的話來說服自己。

她一手把裝有食物的袋子抱在胸前，另一手任白曜衍緊緊握住，跟他一起走出圖書館外。

「等一下我們再把交往的事馬上告訴他，不就好了？假使他當我們是朋友的話，一定會祝福我們的。」他以篤定的口吻說。

「嗯，說的也是。」她淺淺一笑，選擇了相信。

就這樣，那一天，拜池安冉的那個吻所賜，他們正式交往了。

對白曜衍來說，這是有生以來最棒的一件事。他簡直不敢置信，每天能夠和喜歡的人一起開心上學，就算回到家也不覺得沮喪。因為他會一直想著她，直到天亮。反正熬過了黑夜，白天來臨後，馬上又能見到屬於他一人的她。

而園遊會當天下午，他們最後在冷清的教室找到池安冉，他一個人趴在桌上睡覺。至於為什麼不回班上的攤位？池安冉只淡淡說了句「很累」，就沒再解釋。

當他們把交往的事情告訴池安冉後，果真就像白曜衍所言，池安冉給了祝福，雖然臉上帶著淡淡的憂傷，說不上來是否為落寞或是崩潰。

白曜衍內心判定池安冉一定是失戀了，才會表現那樣。

可是，在愛情遊戲裡，面對所有的競爭對手，敵友不分，才會是真正的贏家。

他自詡，身為一個戰勝者，他應該要跟池安冉化敵為友才對，這樣才能表現出真正的氣度。

當時，他不確定池安冉是不是也這麼想，反正，不管池安冉想什麼，也不重要。

重點是，他只在乎言允恩一人。

她，就是他的全部，他的全世界。

在他所屬的愛情世界，就只容得下她和自己，兩個人。不能有別人介入。

隨著校慶告一段落，池安冉重新提振精神了，表面上雖然仍以好友的姿態重拾笑顏接近他們，但三人共譜的青春曲調不再美好無瑕，反而變得愈來愈荒腔走板。

第六章

執迷又任性的我們，渴望從嚮往的幸福獲得什麼？

1

當他睜開雙眼，醒來後站在鏡子前，發現鏡中人是池安冉後，這不可改變的事實，對心理造成的衝擊已經沒那麼強烈。

交換靈魂的事，都已經過了一星期，他也逐漸適應新的生活。一早，打開臥室的門，迎接他的是一個美好的家庭，慈祥的爸爸、溫柔的媽媽都會笑臉迎接他。

爸爸會放下手上的報紙，喚他過來餐桌上吃飯。因為爸媽都在，所以沒必要再將早餐帶去學校才吃。媽媽則會走過來摸摸他的頭，溫暖又輕柔地握住他的手，問他昨天有沒有睡飽。多麼美好的一件事。

最重要的是，即使是三不五時就吵嘴的言允恩，也會嘟起嘴，或是鼓起臉頰，在餐桌前指責他幹嘛偷吃她盤中的食物。

這是他長久以來夢寐以求的美好生活。

很平凡。很簡單。很幸福的生活。

悠哉享受完一頓令人心滿意足的早餐後，這才意識到快要來不及搭車的他們，匆匆忙忙奔出家門。

勉強搭上另一班比平時晚將近二十分鐘的公車，因此他們下了公車，還得一路朝學校狂奔。

幸好，在最驚險的一秒鐘，及時踩進校門，才不致被凶神惡煞的學務主任盯上。

「真的太扯了，允恩，妳居然差點遲到。」

第一節下課後，幾位和言允恩交情頗好的女生圍繞在她座位旁，像小麻雀聚在一起嘰嘰喳喳聊天。

「沒辦法，某人屁股被強力膠黏在椅子上，死命要將盤子裡的最後一小搓麵包屑舔乾淨才罷休。」

言允恩故意轉頭瞪了一眼後座那位正托著腮幫子，滑手機消磨時間的少年。

「喔……是池安冉嗎？」其中一位女生音量壓低，神祕兮兮說：「對了，允恩，池安冉最近是不是開外掛啦？」

「什麼開外掛？」言允恩困惑地問。

「妳不知道嗎？上次期中考的成績已經出來了，這次全校第一名居然是平常倒數第一的池安冉耶！大家都覺得匪夷所思，懷疑池安冉是不是被什麼鬼怪附身了，否則成績怎麼會突飛猛進，更誇張的是還擠下姜以瑞的第一名寶座……允恩，他真的是池安冉嗎？」另一名女同學接著問，她還好奇將目光投向白曜衍，正巧白曜衍邊放下手機邊抬起頭，不偏不倚和她對上了眼。

「鬼怪？」白曜衍不耐地揚起一邊的眉毛怒視著她。

「這擺明就不是池安冉慣有的眼神！」女孩驚呼，倒抽一口氣，「肯定是被附身了！」

愣住幾秒，言允恩忽然誇張的放聲大笑，旋即抬高音量反問：「附身？許可娜，妳會不會想太多了？」

「不光是我這樣認為，」叫做許可娜的少女轉頭徵詢身邊幾位好閨密的想法，她問：「妳們也這麼想吧？」

大家都毫不猶豫猛點頭。

白曜衍偷偷用眼角餘光瞄向言允恩，觀察她臉上的表情變化。

自從上個星期搭公車時，言允恩為了避免再造成兩人相處上的不快，所以對池安冉的事暫時避而不談。

她表面上裝做不在意，也和白曜衍私下約定好，一定要對雙親隱瞞事情的真相，以免他們承受不了這樣的打擊。但白曜衍卻觀察到這一個禮拜以來，言允恩的雙眼始終紅紅腫腫，像隻小白兔一樣，顯然時常為了池安冉的事偷偷躲起來哭。

思索幾秒後，言允恩深吸一口氣，她想試圖改變這群人荒謬的想法，並刻意以嚴肅的口氣反駁：「附身？簡直太荒唐了！白曜……我是說，池安冉！池安冉他早就……早就為了這次的期中考準備很久了，所以這次才會一鳴驚人！有什麼好大驚小怪的？想當全校第一名其實也不難，只要肯下功夫任誰都有辦法！照妳們的神邏輯，難不成是說每個曾當過校排名第一的人都被鬼怪附——」

不料，白曜衍卻打斷言允恩的話，他正經八百表示：「對，我是被附身了。」

聞言，女孩們全都不約而同望向他。

「我被白曜衍附身了，所以我現在是白、曜、衍。」白曜衍兩手一攤，繼續接著自吹自擂：「對高智商的白曜衍來說，考題易如反掌，自然難不倒我。」

話才剛說完，言允恩馬上拿起捲成一捲的課本往白曜衍的頭重重敲下去。

哇的一聲，白曜衍摀著發疼的頭，氣到從椅子上彈跳起來，不高興的大喊：「喂！言允恩，妳幹嘛打我？」

「打你看你會不會清醒一點……你少胡言亂語，傳出去，別人真會以為你是瘋子。」她氣急敗壞吼叫。

言允恩翻了翻白眼，還想朝他身上補打幾下，好在白曜衍及時閃避。

「那這些人通通都說我被附身，她們就不是瘋子？」

「我又沒說不是。大家都是瘋子，總行了吧？」言允恩吐舌，無奈表示。

看得目瞪口呆的許可娜，吞了吞口水，緩和驚嚇的情緒才開口發問：「池安冉，你最近變得好活潑哦，變了個人似的！你真的是你嗎？該不會像電視上演的那樣，要不就是被鬼怪附身，不然就是和某人交換靈魂了？」

「我也覺得池安冉完全變了，不過是往好的方向發展，以前的池安冉超級陰沉，就算想跟他說話，他也都視若無睹，裝作沒聽見。久了就沒人想理他了。」

「對啊，我也有同感，何況他還一直莫名其妙自殘……我比較喜歡現在的池安冉，就算真的是被鬼怪附身，也勝過原本的池安冉吧！」

女孩們你一言我一語，熱烈討論著以前的池安冉和現在的池安冉，兩者的差別似乎也可以成為八卦的話題。

「有完沒完啊，那些全是騙人的！世界上哪有什麼交、交換靈魂？笑死我了！池安冉，你要是再胡說八道，我就立刻跟你絕交！」言允恩對白曜衍投以一記警告眼神，要他別把交換靈魂的事情隨意張揚，並一一指著眼前的好友指責道：「還有，妳們一群人，是全都腦袋有問題嗎？他怎麼可能是白曜衍，白曜衍是當紅偶像藝人，要是真的和池安冉交換靈魂，萬一被媒體發現，不就會成為頭條新聞嗎？這樣豈不是每天都得被一大批狗仔隊追著跑？而且，最恐怖的是，萬一被瘋狂科學家強行捉去研究？那怎麼辦？」

這一番話聽在眾人耳中，輕易便扯出瘋狂科學家一詞的言允恩，似乎瘋得更澈底。

「允恩，妳會不會電視劇看太多了？」其中一名好友說。

「妳們還好意思說我？」言允恩白了許可娜身旁的何筱筠一眼，「前一秒是誰說鬼怪附身的？」

白曜衍打岔，受寵若驚的問：「所以，言允恩，妳是擔心我成天被媒體團團包圍囉？還是怕我被瘋狂科學家抓去做研究？妳心疼嗎？」

「我是怕你被抓去精神病院，」言允恩快速否認，還故意酸他：「誰教你是男神……經病！」

白曜衍乾笑了兩聲，沒答腔。

為了避免讓這種愚蠢的話題持續進行，以免一夥人的瘋言瘋語全都被班上其他同學聽見，許可娜忽然雙手合十，改變了話題，她想起另一則更聳動的八卦：「說到白曜衍，欸，妳們看到今天早上的新聞了沒？」

「當——然看了啊，害我早餐都吃不下呢！」何筱筠拖著尾音說，臉上浮現痛苦神情。

「老實說，我更慘，昨天半夜醒來上廁所的時候，不小心瞄到手機顯示的即時新聞，我還忍不住哭了，整晚都沒睡。」說完後，另一名女孩指指自己那雙哭腫的眼睛。

——「早餐吃不下」？「哭了」？「整晚沒睡」？

——半夜會有什麼即時新聞？

——難不成是……「白曜衍」死了？

白曜衍和言允恩很有默契對看一眼，下一秒不約而同驚呼：「該、該不會是死了？」

「呸！別說觸霉頭的話！我們耀眼王子才沒死呢！人家明明剛從死裡逃生好嗎？」許可娜說完還連呸了好幾聲。

言允恩眼角泛淚，焦急追問：「不然是怎樣？為什麼哭？池安……白曜衍怎麼了嗎？」

許可娜噘嘴回答：「嘖，都沒看新聞？我們耀眼王子失蹤了！聽說未經院方允許，就從醫院偷跑出去，現在連經紀公司都不知道他的下落。」

「什麼？」言允恩驚愕大叫，聲音明顯顫抖：「失蹤？怎麼會？」

「報警了嗎？」白曜衍緊張的問。

「廢話！你們這兩個人還真的是……新聞都報出來了，這才是頭條新聞的規格好嗎？言允恩，哪像妳說的什麼瘋狂科學家，科幻片看太多了不成？」

「誰像妳們？奇幻片看太多了是不是？連什麼交、交換靈魂和附身的話都說得出口！」不管幾次，言允恩只要提到交換靈魂都會覺得心虛，畢竟是在好朋友們面前說謊，她實在很不自在，可是為了不讓這件事引起軒然大波，她只能假裝。

一名站在最旁邊至今都沒出過聲的女孩，似乎被這個話題引出了心中深藏的疑惑，她終於再也按捺不住地開口問道：「對了，允恩，白曜衍是我最喜歡的偶像，而他現在又離奇失蹤了……聽說你們以前國中的時候很熟，我真的很想知道，妳和他最近還有沒——」

對方說得很彆扭，深怕言允恩會生氣，但又擔心白曜衍的人身安危，所以很想從言允恩身上打探出任何有關白曜衍去向的線索。

只見氣得臉色刷白的許可娜立刻比出一個手勢，阻止對方繼續說下去：「胥樂樂！妳這個大笨蛋！別再說了啦！不是跟妳提過不准問允恩這件事嗎？」

「本來不想問啊，只是我看連允恩自己都好奇白曜衍的事，我難免也有想知道的事嘛！」胥樂樂困窘低下頭去，都快哭出來了，她既難過又委屈的解釋，想告訴大家她其實並沒有惡意。

只不過，上課鐘聲恰巧響起，一夥人便在咕噥聲中匆忙散去，徒留各懷心事的兩人呆坐在原地。由於兩人的腦袋裡一下子塞進了太多東西，根本沒有心思聽課。

2

下課後，白曜衍懷著忐忑不安的心情，跑去廁所洗臉，藉此冷靜思緒。

只可惜，到了廁所後，就算他反覆捧起冷水往自己臉上潑，卻沒能平復心情。

他的腦袋裡出現一大堆不安的揣測。

他擔心池安冉是因無法接受靈魂交換，才會擅自溜出醫院。而一心求死的池安冉，是否在乎用白曜衍的身體自殺？這點無從得知。畢竟，他們在三年前早就鬧翻，池安冉怎可能留情面？

瞇起眼睛疑惑望著鏡中的池安冉，那張病態美的臉孔用滿滿的憂慮回敬他，不帶一絲同情。

白曜衍找不到可安撫情緒的答案。

當他回教室的途中，手機鈴聲不預警響起。

他登時停下腳步，杵在人來人往的走廊中央。

出於直覺，他知道這是誰打來的。

即便如此，他仍不忘檢視畫面顯示的來電人資訊。

出乎意料之外，他發現這是一通熟悉的來電，但並不是自己的手機號碼，而是來自於一位他很熟識的朋友——

「曲悠？哥？」按下通話鍵，他戰戰兢兢出聲。

剎那間，他腦袋裡浮現諸多疑惑……

詭異的是，等了好幾秒，話筒另一端的人卻遲遲沒開口。

雖說如此，他仍仔細聆聽從手機另一端所傳來的背景聲：人群的喧嘩聲和腳步聲，對方彷彿也杵在一條熙來攘往的走廊上……

在這短暫的一瞬間，白曜衍登時覺得很不對勁，因為那背景聲異常清晰，幾乎讓白曜衍誤會對方和他處在一個相同的空間。

這可能嗎？

往走廊前方望去，並沒有任何一位正在講手機的學生。

他蹙眉，認為自己想太多，或是記錯號碼了，也許只是一通惡作劇電話。

正當他索性想掛斷電話時，背後卻傳來一道熟悉到近乎令人害怕的低沉嗓音——

「想不到我們會以這種方式見面吧？」

這熟悉的聲音明顯噙著笑意，而且是不懷好意的笑聲。

白曜衍快速旋過身，緊接著，他看到一位持著手機的少年站在一兩公尺外的距離，和他面對面相視。

對方穿著不知從哪裡搞來的制服，顯然是想混入人群。

縱使對方戴著刻意掩飾身分的黑色棒球帽和全黑口罩，光憑那雙黑曜石般的深邃眼眸，白曜衍很快便認出對方的身分。

與此同時，對方也冷不防取下口罩和帽子，露出那張熟悉到不能再熟悉的俊美臉孔，白曜衍瞬間看見了「自己」——

剛從昏迷中甦醒不久的「自己」，在歷經那場意外及手術急救後的折騰下，顯得比平時還要來得蒼白削瘦些。除此以外，沒有任何問題。看來池安冉把那副軀殼照料得還不錯，至少沒有自殘。

儘管白曜衍早就做好心理準備，可是，親眼目睹和光憑想像是截然不同的感受，完全超過他可忍受的範圍。

他腦袋一片混亂，全身冒汗，喉嚨連一點聲音都發不出來。

然而，眼前徐緩朝他踱來的池安冉，卻是一派氣定神閒，嘴角還勾起一絲輕蔑。

最後，當兩人只距離一兩步之差，池安冉終於停下腳步，定睛凝視神情錯愕的白曜衍。

池安冉觀察白曜衍的臉部神情變化後，突然開口：「你很吃驚嗎？為什麼？看到白曜衍本人覺得吃驚？」

正當白曜衍想要糾正他的話，不料一旁有人眼尖發現——

「天、天哪！天哪！看看這是誰？是……是白曜衍耶！」對方率先大叫。

所有人瞬間停下動作，視線全聚焦在身高鶴立雞群的池安冉身上。

旋即，驚嘆聲接一連三發出。

「不會吧？電視上的白曜衍？沒看錯吧？」

「喂！耀眼王子怎麼可能會出現在我們學校？」

「這是在作夢嗎？快瘋了！」

「快拍！快拍！」

手機快門此起彼落按下，一瞬之間，化身為白曜衍的池安冉，立刻成為走廊上最受矚目的焦點。

池安冉露出一抹詭異的微笑，不排斥被拍，他對眼前的白曜衍說：「從今以後，我，是白曜衍。而你，是被我在三年前丟掉的池安冉！」

語畢，池安冉竟故意模仿白曜衍的招牌笑容，轉頭朝拿著手機朝自己猛拍的學生招手燦笑，想掩蓋住自己其實是冒牌貨的事實。

不過，說是冒牌貨，也不盡然如此，畢竟在兩人靈魂交換的前提下，別人眼中的白曜衍就是池安冉，而池安冉則是迷妹迷弟們所愛戴的男神白曜衍。

儘管走廊上擠得水洩不通，仍有一抹人影費盡力氣從人群中硬是擠了過來，先是緊捉住白曜衍的手臂，然後再站到了兩人的中央，另一手抓住池安冉的衣袖，瞪大雙眼大叫：「池安冉！」

3

「池安冉！所以真的、真的是你本人？太好了……你沒事！」神色慌亂的言允恩緊拉住池安冉，想確定他是否安然無恙。

池安冉一見到她，不太自在地笑了一聲，想後退，但身後擠滿趁機亂摸偶像的學生，他連一絲能後退的空隙也沒有，只好作罷。

遲了幾秒，池安冉指著白曜衍，嘴角刻意揚起諷刺的微笑，對言允恩一字一句慢慢說：「要我再重新說一次嗎？我，是白曜衍，而他，才是那個被我三年前丟掉的池安冉。」

聞言，言允恩臉色驟變，不解的問：「你、你在胡說什麼？」

「而妳，言允恩，妳是被白曜衍在三年前拋棄的前女友！」池安冉冷冷回應，還用力甩掉言允恩的手。

圍觀的學生們面露驚愕，但仍不忘拿手機狂拍、合照。

「你到底在胡說什麼？就算想裝作是白曜衍本人，你也裝得不像！」言允恩氣炸了，她惱羞成怒推了池安冉一把。

就算如此，池安冉仍肆無忌憚繼續說下去：「我不必裝，因為在每個人的眼中，我就是白曜衍……誰叫我自殺的那一天，他還……他還想救我！他活該！應該任憑我死了算了！反正，就像三年前一樣，他假惺惺跑來救我，可是到最後卻還是一腳把我從他身上踹開！這種虛情假意的友誼，我寧死也不要！為什麼不讓我乾脆死了就好？從今以後，我們就各過各的生活，你當你的池安冉，我當我的白曜衍，不換回來也挺好，你就可以順理成章跟言允恩同居一輩子！」

剎那間，白曜衍的腦海中浮現出靈魂交換的那一刻：當時，視線模糊中，他一發現倒臥在血泊中的池安冉，憑著直覺，他衝上前想拯救池安冉，但不知怎麼回事，在那一瞬之間他竟變成了池安冉……

而池安冉會說出這番話，這意味著，自殺當天池安冉見到相同的幻象……

此話一出，也立刻引起現場一陣騷動。

「救他？所以，池安冉是將白曜衍緊急送醫的人嗎？」

「欸，各過各的生活是什麼意思？好、好曖昧！」

「到底是怎麼一回事啊？」

一群人看著傻眼，摸不著頭緒。

池安冉繼續說下去，但將他們團團包圍住的學生實在是太吵了，導致他說的話最後全都被吵鬧聲淹沒。

人群吵雜的音量之大，大到連站在一步距離之差的池安冉和言允恩，都聽不見彼此的怒吼聲。

即使上課鐘響起，但走廊上仍擠滿不肯乖乖進教室的學生，其他年級的學生也跑來湊熱鬧。授課老師對此也深感頭疼，整條走廊全被想一睹偶像風采的學生塞爆。

場面一度陷入失控的膠著狀態，好幾十雙手忙著拉扯池安冉的衣服，都快把他身上穿的制服扯壞，被他扔在地上的帽子和口罩也成了瘋狂粉絲的囊中物。

連白曜衍也被其他人擠到一邊，只能眼睜睜看著池安冉和言允恩互相對峙。原本預期要對池安冉說的那些話，全都卡在喉嚨，嘴裡發不出任何聲音。

「拜託大家冷靜點！幫個忙，疏散一下！好讓曜衍弟弟盡速回醫院看病！」

這時，走廊另一端出現一道頎長身影，對方手持大聲公，吸睛程度不亞於白曜衍。

「哇！今天是什麼大日子啊！那、那不是知名男模曲悠嗎？」

「太幸運了！可以一次見到兩位大明星！」

只聽見女同學尖叫聲四起，一部分的人潮快速朝曲悠的方向移動，雖然稱不上是主動疏散，但確實起了作用。

趁此空檔，幾位不知何時趕到現場的保鑣，很有技巧地越過團團包圍住池安冉的學生，將他們眼中亟需救駕的藝人帶離現場。

而確認池安冉已順利脫困的曲悠，也在其他保鑣的協助下，揚長而去。

最終，待兩位大明星通通離去，校方還特地出動行政團隊協助疏散人群，才總算結束了這場突如其來的鬧劇。

第七章

不要把我遺忘在過去，我始終惦記著妳和你

1

自池安冉今天上午以白曜衍的藝人身分，在學校旋風式現身並快閃離去後，全校仍處於熱血沸騰狀態。

除了班上同學討論熱絡以外，連其他班的學生也跑來朝聖，想一睹被白曜衍拋棄的前女友是何方神聖。

從各個視角拍攝的照片、影片，在網路上被瘋狂轉載，八卦流言傳得沸沸揚揚，通通都在討論白曜衍這次自殺的消息是否與前女友有關。

不僅言允恩秒變熱門話題人物，連變身成池安冉的白曜衍也都跟著一起入鏡，還被媒體小報稱作可疑的第三者……

直到放學前，言允恩都不發一語，整個人無精打采，一下課就悶不吭聲趴在桌上不理人。

就算好朋友許可娜和何筱筠等人前來安慰她，也無濟於事。

難過不已的言允恩壓根兒不打算開口說話，池安冉的話已重重刺傷她的心。

在放學鐘聲響起的同一秒，白曜衍的手機也跟著響起。

疲憊不已又怒氣沖沖的白曜衍，不顧老師反對便衝出教室外，一接起電話，就是一陣炮轟：

「池安冉，你這該死的傢伙！你是存著什麼心態跑來學校？你把積壓已久的怨氣發洩在我身上就算了，為什麼連無辜的言允恩也一起拖下水？你難道不知道她是最護著你的人嗎？你怎能說出傷害她的話？三年來，你從來都沒反省過嗎？憑什麼說她是被我拋棄的前女友？」

對方遲疑半晌後才回答：「你搞錯了，我不是池安冉。這麼說好了，你應該是白曜……若當真屬實的話，你應該是白曜衍吧？」

熟悉的語調。

沒錯，正是池安冉上午借用的那台手機的主人——曲悠。

「曲悠？哥，你把手機借給池安冉，」白曜衍不敢置信，「所以，你知道我和他靈魂交換的事？」

話筒的另一端，曲悠不吭聲。

於是，白曜衍又問了一次：「曲悠哥，你相信我和他靈魂交換的事，對吧？」

「……半信半疑。」曲悠慢慢回答。

「對了，上午的事，該不會是你跟池安冉那該死的混帳串謀的吧？你幹嘛把手機借給他？」

曲悠解釋：「你誤會了，是他偷……借了我的手機，等我發現時，他已經溜到學校了。我是用GPS定位才找到他的。」

「那他失蹤的新聞是怎麼回事？」

「失蹤？也不算失蹤吧。那天，我去醫院探視他，只剩下我和他獨處的時候，他向我坦承自己不是白曜衍，還說得很有道理，不像是在說謊。我只是太同情你們的境遇了，所以才會決定先幫助他，沒想到卻……反正，這件事情說來話長。總之，你們兩個找時間見個面吧。」

曲悠向來很熱心，看來這件事情他也管定了。

白曜衍很感動，本想道謝，但卻說不出口，深怕一開口，一不小心又會說出反話。

曲悠繼續以嚴肅口吻說：「我打來只是想跟你說，不管你是誰，或者他是誰，為了早日釐清真相，你們都應該見個面，我會想辦法安排……這件事沒辦法告訴經紀公司，否則我們會被當成瘋子。確定見面的時間和地點後，我會再跟你聯絡。」

當曲悠正要掛上電話時，白曜衍出聲阻止他：「等一下！我還有件事要請你幫忙！」

「什麼事？」

「就、就是你送我的那個東西！」白曜衍心急喊道。

「哪個東西？喔，你是說巧克力嗎？不好意思，當天警察搜查現場的時候，巧克力就——」

「不是啦，我是說硬幣的事！」

白曜衍完全忘了巧克力的事。

他沒想到曲悠居然還記得……也對，那是曲悠特地從義大利買回來要送他的頂級巧克力。

曲悠沉默了很久，沒答腔。

「喂？你還在嗎？你該不會忘了曾送過我硬幣的事吧？你連巧克力都記得，怎麼可能忘了硬幣的事？」

曲悠一改剛才生疏的態度，他興奮喃唸道：「只有白曜衍本人知道古硬幣的事！這就表示那傢伙說的都屬實囉？天啊！我本來還懷疑你們是不是同時出現雙重人格的症狀？哇！那就表示你和他真的靈魂互換囉？太有趣了——」

「有趣什麼？該死！」白曜衍氣呼呼駁斥：「這一點也不有趣！」

「抱歉，抱歉。所以晚輩希望前輩幫忙的事情和硬幣有關嗎？不過我要先強調一點，那枚硬幣是限量品，世界上獨一無二的珍品！假如你要我幫忙的事情是希望我再幫你找出第二枚硬幣，很抱歉——」

「聽我說！」白曜衍快速打斷曲悠的話：「我懷疑那枚硬幣就是讓我和池安冉交換靈魂的……元凶！」

要是他沒記錯的話，當時那枚古硬幣沾了血後，閃現出一道不尋常的光澤。

他懷疑，靈魂互換的怪事，與那枚刻有雙面神的硬幣有關。

「唉呀，你怎麼可以用元凶兩字來稱呼這神聖的東西？這可是——」

「曲悠哥，算我求你，你可不可以先聽我說完？」

「……哈哈哈，好吧。」曲悠發出一連串笑聲，隨即又立刻說：「我猜，你應該是要問我知不知道硬幣有沒有這麼神奇吧？」

白曜衍對著手機翻了翻白眼，他忍氣吞聲地說：「所以，你知道嗎？」

「當然不知道。不過我會先幫你調查一下那枚硬幣的典故和……可能的用途。這就是你想叫我幫忙的事嗎？哥當然義不容辭啊！我立刻訂機票，幫你去一趟義大利問清楚，你要感謝我啊，最近我剛好沒其他通告要忙……」

聽完曲悠東拉西扯後，幾乎快失去耐心的白曜衍終於掛上電話。

他轉過身想回教室，卻發現言允恩手裡拎著他們的書包，站在他身後等候多時。

教室早已清空上鎖，留在走廊上的學生寥寥無幾。

「跟誰講電話？」言允恩的嗓音聽起來乾啞極了，眼睛哭得又紅又腫。

「工作上的一個好朋友。他今天也有來，就是曲悠，他很有名，是個模特兒。」白曜衍一邊說，一邊從她手上接過書包，連同她的書包也一併幫她拿。

「那個人，曾和你合作過，所以知道。」言允恩挽住他的手，挨近他身邊。

他們就算分開過，言允恩也隨時關注他的工作動態。

白曜衍很感動，但他不知道該如何表達自己的喜悅，滿臉通紅的他，深怕自己一開口又可能會說錯話。

「回家前，要不要先去哪裡晃晃？像以前那樣……」言允恩開口提議。

突然間，他們都很想回到從前。

像以前那樣。多好。

曾經抗拒的回憶，此時此刻，變得更加真實深刻。

原來，重拾往事，並沒有想像中困難和恐怖，只需要足夠的勇氣面對。

2

他們在學校附近的一家咖啡館坐下後，白曜衍重述剛才與曲悠的談話內容，唯獨省略古硬幣的事。

「那位前輩真是個好人。」言允恩低頭說，目光卻放在點餐的菜單上。

她的心情仍很低落，腦海裡迴盪著池安冉所說的話。

「妳不會相信池安冉說的話吧？」白曜衍問，「我怕妳以為我真的那樣想。」

「以為你怎麼想？」她抬起頭，表情困惑。

「他說妳是被我拋棄的前女友……」

「不會，我很了解他，他只是自暴自棄，想激怒我們。」她搖搖頭，嘆了一口氣。

「嗯……我沒料到他的反應會如此激烈，本來也想訓他一頓。」

「但，曜衍，你知道嗎？你今天之所以無法反駁他，是因為內心存有愧疚。我看得出來你內心的矛盾，你其實並不想拋下他。你當初救了池安冉，和他做朋友，但後來卻又為了我，拋棄他。某種意義上，他變成了另外一個憂傷的你。我在他身上找到你的影子，你的另一面。我很不明白你為什麼會有奇怪的偏執，非得要我從你和他之間二選一。」

沉默許久，白曜衍露出一絲苦笑，神色黯淡的說：「我只是想知道在妳眼中，我有多重要……很久以前，有個人曾經叮囑過我，她說，假如有一天，我遇見喜歡的人，若那人沒辦法二選一，代表那個人不是真的愛我。這很荒謬，但我信了。」

「是誰說的？憑什麼那樣說？那個人在胡說八道！」言允恩雙手握拳，激動的問。

「妳認為，那個人跟池安冉一樣，都在胡說八道嗎？」他笑得很憂傷，憂鬱到令人揪心。

「你、你們兩位該不會就是今天網路上——」他們的背後突然傳來一陣驚呼聲，打斷了他們的對話。

回頭一望，竄進他們視線的人是這間咖啡館的男性店員，年約二十來歲，語調很急促：「你們是那兩位認識藝人白曜衍的學生？」

這位瘦瘦高高的店員，長相清秀，看起來像是利用課餘時間在咖啡店打工的大學生或研究生。

「怎麼了嗎？」言允恩納悶地問。

「啊！真是沒想到！真是沒想到！」對方唸唸有詞的搔了搔後腦杓，又稍微彎下腰，輪流盯著坐在圓桌前的他們瞧。

言允恩被看得不太自在，尷尬低下頭，擔心會像白天一樣，被當成八卦主角。

見狀，白曜衍板起臉來，用力拍桌怒罵：「是想怎樣？不覺得直盯著別人看的行為很不禮貌嗎？」

「對、對不起！我只是……一時情緒激動，太……太高興了！」對方以手背擦拭額角的汗水，用興奮的口氣說。

「哼，認識又怎樣？你是想幹嘛啊？」白曜衍抬頭，斜睨了店員一眼。

這時，店員忽然瞥見白曜衍手腕上的新舊刀痕，他愣愣地問：「不、不會吧？你跟白曜衍一樣都想自殺？」

「我才不想自殺！我是說，白曜衍不想自殺！」

「不想自殺？那為什麼手上會有刀痕？看起來像是……割腕。」店員好奇追問：「你和那個藝人一樣有自殺傾向？還是受了他的影響，才選擇自殺？不過看起來你好像從以前就有自殺過了？這刀痕還真是……白曜衍也是這樣嗎？」

「關你屁事！」白曜衍別過臉去，不想理他。

言允恩抬起頭，想緩和氣氛：「請問你問這些事做什麼？我們和池……白曜衍是朋友，據我們所知，他並不想自殺。」

「可、可是，我看到新聞說他想輕生。」店員掏出手機作勢要找出新聞來源。

「煩死了！白曜衍不想自殺！那是一場意外！」白曜衍再次拍桌大吼。

咖啡館裡的客人紛紛對他們投以側目。

「反正，新聞都這麼寫了，他是想自殺……其實我有件事想拜託你們，所以才會忍不住好奇。是不是太過唐突了？真是對不起。」

「拜託我們？是想向白曜衍要簽名嗎？你是粉絲嗎？」言允恩疑惑問。

對方猛點頭，露出尷尬又慌亂的笑容，他緊張得手心直冒汗，在衣襬抹了好幾下。

一聽見是粉絲後，白曜衍的情緒才緩和下來：「簽名可以，只不過，短時間之內不會遇見他本人。所以，要等改天。」

話才剛說完，言允恩立刻瞪了他一眼，覺得他這個說詞太過分，因為白曜衍即使和池安冉互換身分，但字跡依然沒變。

「簽名的話，也很想……不過，我是希望能見到本人……因為我有個妹妹，生了重病，她最喜歡的偶像就是……白曜衍。」店員語氣裡泛著濃濃哀愁，他說完後，將手機放在桌上，點選相簿，秀出一張穿著學生制服的短髮少女照。相片中的俏麗少女坐在草地，年齡與他們相仿，一臉燦笑，還做出手指比心的俏皮動作。

「這是我妹妹生病前的照片，曾幾何時，一切都變了。」店員露出淺淺的哀傷神情，若有所思，自言自語說：「現在已經看不到她的笑容了……不管怎樣，我妹妹她真的很迷戀偶像，整間房間貼滿照片，擺滿所有買得到的周邊，偶像的一舉一動就是她的全世界，哈哈，真的很瘋狂……自從雙親外遇拋下我和妹妹後，就只剩下我和她相依為命了……」

言允恩心生憐憫地問：「所以你希望白曜衍去見妳妹妹一面，幫生病的她打氣、加油嗎？」

「對、對！我很希望白曜衍去見我妹妹，她……她一定會很高興的！她一定不敢相信哥哥把她的偶像帶到她身邊！」店員表情變得異常激動，熱淚盈眶。

言允恩輕嘆了聲，轉頭望向沉默不語的白曜衍，她說：「聽起來很可憐，要不要幫幫他？去看看他妹妹？」

白曜衍思索了片刻，忽然抬起頭，面露微笑對店員說：「我們可以先點飲料嗎？」

「啊！對！真不好意思！我差點忘了！太激動了！當然可以，你們想點什麼？」

他們分別點了卡布奇諾和拿鐵，店員隨即走到吧檯前沖泡咖啡。

暫時支開店員後，白曜衍壓低音量悄聲對滿臉狐疑的言允恩說：「跟粉絲見面的事，一般都要事先報備經紀公司。」

「問題是，你現在也不是白曜衍的身分，你要怎麼報備？」她困惑地問。

「是啊，這就是問題所在。」

白曜衍皺起眉頭，手指輕敲桌面，神情苦惱思考著該如何處理這件事。

與此同時，他不經意瞥見一位綁著褐色馬尾的女店員，正穿梭於鄰近幾桌服務，卻又頻頻瞄向他們這桌。她眉頭深鎖，神色略為嚴肅，似是想走過來攀談，卻又躊躇不定。他推測她大概也像剛才那位男店員一樣，想打探有關白曜衍的事。

趁著男店員仍忙著製作咖啡時，白曜衍把心中的疑慮告訴言允恩：「妳覺得池安冉會配合嗎？他不是在生氣嗎？」

「為什麼不會？就算他正在氣頭上，以我們對他的了解，他一定會二話不說答應！倒是你……幹嘛考慮這麼久？我看那店員光提到妹妹的事，眼淚都快掉下來了。」言允恩埋怨。

白曜衍垂下眼簾，目光望向地面，語氣沉重：「我心裡也很難受。只是為求謹慎，不可能馬上答應，再加上我現在是池安冉，不是白曜衍，我怎能擅自做決定。」

這時，店員端上兩杯咖啡，心情也重新整理好了，他笑容滿面說：「這次就讓我請客吧。不知道我妹妹的事，兩位考慮得怎樣？我妹妹她這個月底……生日，所以，假如方便的話，不曉得能不能允許我這個不情之請？」

白曜衍抿抿嘴，深吸一口氣後，勉為其難地說：「好吧，不過，你先不用跟你妹妹說，以免到時候希望落空，影響病情。」

「到時候我們會約他來這裡喝咖啡，你再帶我們一起去看你妹妹，好嗎？」言允恩說。

「你們可以提早打電話說一聲嗎？因為我不確定排班的時間有沒有那麼剛好……」話一說完，對方馬上衝到櫃檯前撕下一張便條貼，抄寫下電話號碼，跑回來迅速將紙條塞進白曜衍的手心裡，隨即，又以苦口婆心的口吻，輕拍白曜衍的頭說：「唉，為什麼要學偶像自殺呢？未來還有大好前程要走，別這樣，以後別再這樣了，好不好？」

3

兩人在大約晚上六點半時回到家。

打開家裡的燈，便看見池媽媽留在客廳茶几上的紙條，她說晚餐已經煮好了，因為社區有活動需幫忙，晚點會回家。

而池爸爸則一如往常待在事務所加班，通常都得拖到七、八點左右才會回到家。

白曜衍將那張便條紙貼在客廳牆上的月曆紙上，還用螢光筆將月底三十一號那天標記起來。

「那個叫阿燦的店員真可憐，生病的妹妹也很可憐，這件事情一定要跟池安冉說。他不會拒絕的。」言允恩望著牆上淡粉色的便條貼，用不捨和憐憫的口吻說。

「嗯，也是，要是他拒絕曲悠的安排，不想再跟我們見面的話，只要提起這件事，他就會來赴約了。」

雖然白曜衍覺得用此理由說服池安冉見面有點不妥，但依照池安冉的個性，一定也會對此事不忍拒絕，所以暫時不必擔憂池安冉會排斥見面的事了。

正當言允恩專心凝視牆上的月曆時，她感覺有人從身後抱住她，讓她嚇了一跳。

她愣了一下問：「幹嘛？」

白曜衍緊緊摟住她，不想放開，附在她耳際輕聲說：「……只是想抱抱妳，妳今天哭了，讓我覺得很心疼。」

「忘了我們已經分手的事了嗎？」她側過臉，瞥了他一眼，故作冷淡：「為什麼還會有這些親密的舉動？喔，不過，隨心所欲向來是你的專長，我差點忘了。」

「妳很聰明，不愧是我的初戀情人，但我的專長不只是隨心所欲……」

他鬆開原本環抱住她的手臂，不理會她的反對，雙手扣住她的肩膀，將她轉過來與他面對面。

然後他又狡猾地趁她還來不及做出反應時，使了慣用的老招數，霸道地將錯愕卻又來不及反應的她壓在牆邊。

白曜衍兩手按壓在牆上，將她困在後方的牆面跟他的胸膛之間。

言允恩只能背緊靠在掛有月曆的牆面上，不知所措地抬起頭，臉頰早已紅撲撲，不經意洩漏了她的心慌意亂。

她兩手嘗試想做抵抗的動作，卻在碰觸到他的胸膛時，作罷了。

「你想幹嘛？又想用池安冉的嘴親我了嗎？」她沒好氣地仰頭問他。

「沒辦法，今天在學校的時候，池安冉不是也說了嗎？要我從此用他的身分和妳一輩子同居，所以我只好賴定妳了。」白曜衍嘴角揚起一抹淡淡的微笑，惡劣地欣賞她漲紅的臉蛋，接著以調侃的口吻繼續說：「這世界上，有誰規定分手不能復合？連離婚後的夫妻都可以選擇重新結婚，所以分手不算什麼……何況當初妳根本不想分手，其實就連提出分手的我，也不想分手。既然這樣，我和妳，就從今天起，重新交往吧？」

「你該不會真的要這樣吧？用池安冉的身分……」她瞪大雙眼，不敢置信喃唸道。

「不然，我該怎麼辦？誰知道靈魂互換這檔事會維持多久？」他露出很困擾的模樣，伸手撫摸她美麗動人的白皙臉頰，以不確定是悲傷或快樂的口吻說：「說不定是永遠。」

她驚呼：「永、永遠？」

「我亂猜的。」白曜衍聳肩，手指仍深情地反覆流連於她的髮絲、臉頰、唇瓣上。

「你不是有拜託那位模特兒幫你查什麼硬幣的事嗎？」她蹙眉不解的問，同時無奈地撥開他不安分的手，以免干擾兩人談論的正事。

「哦，妳偷聽到啦？哼，妳果然有偷聽我講電話！那我幹嘛還浪費時間在咖啡館向妳提起曲悠的事？」他吃吃地笑了起來，垂下頭，將自己的額頭輕抵在她的額頭上。

「你在咖啡館並沒有跟我說硬幣的事，只提到前輩要幫忙安排見面的事。」她急忙解釋，頓了一下，表情瞬間變得哀傷，又接下去說：「你似乎想對我隱瞞硬幣的事……不想讓我知道是不是有機會變回來！也對，你可能隨時都會消失在我眼前。」

「不是隱瞞，是因為我不確定。」他退後一小步，訝然問：「允恩，妳怎麼會有這種想法？妳怎麼會以為我不想讓妳知道何時可能變回來，我怎麼可能——」

她突然失控大叫：「誰知道！說不定你一變回去，你就會像之前那樣，裝作什麼事情都沒發生過一樣，一走了之！扔下我……和池安冉！」

她很擔心他會像三年前那樣，在一場漫天飛的流言蜚語後，毅然決然選擇跟她分手，隔日便消失無蹤。她連挽回的機會都沒有。

三年後，重新以池安冉的身分相遇，即使認出他是白曜衍後，她都忍耐到現在，才終於針對分手那天的事情大發脾氣……

頓了數秒後，他終於說出了本該在三年前說的話，深埋心底的恐懼和焦慮：「對不起，請妳原諒我。太愛妳了。只要待在妳身邊，就害怕失去妳。」

聞言，她哭了。摀著臉痛哭。

就像三年前那樣。沒變。心結始終都在。就算年長了三歲，他們仍然青澀懵懂，止不住責備這段荒腔走板的絢爛青春，如何殘酷折騰人……

經過三年時光的流轉，如今，卻一如既往。那段無知的迷惘歲月，仍在時間軸上，不斷輪迴重複。

第八章

我疏離了幸福，
幸福便把我遺棄了

1

三年前——

自從校慶那天交往後，他和她，都覺得上學是一件很快樂的事。

然而，人生的旅途上，不可能每天都會快樂。這個世界上，快樂似乎有額度的限制，因為當有些人沉浸於快樂之中，有些人反而耽溺於痛苦深淵。

池安冉，就是那些不快樂的人之中的其中一個。

三年前，中午午餐時間才剛開始，趁著言允恩去廁所時，白曜衍轉頭對鄰桌正忙著收拾課本的池安冉說：「喂，池安冉，下星期的戶外教學，我和言允恩都不跟你同組。」

池安冉停下手邊動作，他吃驚地張大嘴巴問：「為……為什麼？」

白曜衍知道池安冉之所以吃驚，是因為早在學期初池安冉便提早約好要同一組。

而自從言允恩轉學來後，池安冉也以為三人同組是理所當然的事。

「因為你是電燈泡。」白曜衍坦白告訴他：「我想跟她接吻的時候，不希望你站在旁邊看。」

「我、我可以別過臉去啊，不會妨礙你們兩個。」

「別不識相好嗎？池安冉，你以為你別過臉去，就不會妨礙我們？你光是站在附近，我就覺得很礙眼了。」

實際上，就連池安冉和言允恩住在一起的事，白曜衍也感到嫉妒，但因這涉及言允恩被收養的尷尬事實，他盡量忍耐不發牢騷。

正當池安冉想為自己作辯駁時，不巧的是，班上兩位特別喜歡談論八卦的男同學大搖大擺走過來，嘻皮笑臉對池安冉說：「嘿，池安冉，聽說你和言允恩同居哦？」

池安冉抬起頭，望向站在桌前的男同學們，滿臉詫異地問：「同居？什麼同居？」

「阿烈說你和她住址一樣。可是，你和言允恩長得不一樣，姓氏也不一樣，你們其中之一，該不會是爸媽從外面接回來的私生子吧？」長滿雀斑的男生一說完，立刻轉頭問站在身旁訕笑的另一位男同學：「阿烈，對吧？」

那位叫做尹赫烈的男生接著說：「我猜言允恩是小三生的，我的直覺！」

池安冉臉色驟變，站起身，本來想回嘴。

但白曜衍卻搶先一步衝上前，往那兩位男生的頭猛拍下去。

他們摀頭大叫：「找死喔？很痛耶！」

白曜衍朝他們怒吼：「再說我就斃了你們！少來找池安冉和言允恩的碴！」

「老天，白曜衍，該不會是說中你的痛處了？聽說你就是不要臉的小三生的雜種，難怪你會和小三生的小孩交往。我有朋友和你同父異母的哥哥讀同所——啊！誰啊！痛——」

那兩個男生再次發出難受的哀號，原來是剛從廁所回來的言允恩，從背後用力擰了他們的背。

「胡說八道什麼？不要臉！你們才不要臉！」言允恩怒氣沖沖大喊：「滾！滾遠點！不要騷擾我們！」

「這兩個暴力狂果然是絕配……」

「雜種就是雜種。」

對方悻悻然走掉，還發出一連串咒罵聲。

「那兩人是故意的吧？其中一人不是在妳剛轉學來時，跟妳表白過嗎？我看是追求不成就惱羞成怒了。」白曜衍嗤之以鼻說。

「那不是重點，重點是他們的話很傷人……你不會放在心上吧？」言允恩問。

白曜衍吃驚看著她，他本來以為言允恩之所以那麼生氣，是因為那些中傷的話刺傷了她的心。

白曜衍沒想到言允恩更在乎的是……他，而不是她自己。

見他遲遲沒回話，言允恩急忙安慰他：「那些呆瓜的話聽過就算了。」

「白曜衍是太感動了，所以說不出話來。」池安冉笑著替白曜衍回答。

真不愧是他的好兄弟，連這都看得出來。白曜衍瞄了池安冉一眼，發覺池安冉也同樣注視著他。池安冉的眼神中閃過一絲憂愁和說不上來的……哀怨。

看來，池安冉就算表面笑笑的，其實還在為白曜衍不想跟他同組的事情生氣。

「池安冉，白曜衍又沒你天真，他才沒感動，八成只是想說要怎麼修理那兩人吧？」言允恩瞄了教室前方的時鐘一眼，「算了吧，為那些人發火也沒用，只會浪費能量而已，我們三個一起去吃飯吧。」

「說的也是，肚子快餓扁了。」

白曜衍也跟著附和，立刻執起言允恩的手，拉著她往教室外走去。

言允恩朝池安冉勾勾手，示意要他一起跟上來。

池安冉見狀，也想跟在兩人身後走，像隻習慣黏在主人腳邊的小狗狗，滿懷期待。

然而，白曜衍卻很快回過頭來，斜睨他一眼，用唇語警告他別跟過來。

2

實際上，言允恩不只一次抱怨他刻意將池安冉逐出小圈子的行徑。

每當她三不五時為池安冉抱不平時，就會跟白曜衍大吵一架或鬧僵。

幾天後，期待已久的校外教學日終於來臨了。

那天，池安冉以身體不舒服為由請病假缺席。

白曜衍明知池安冉根本沒生病，對此也深感慚愧和心虛，但基於想澈底獨占言允恩的私心，他只能假裝漠視這一切，假裝沒有察覺胸口因良心不安而隱隱作痛。

然而，校外教學日一點也不愉快，言允恩整天都生悶氣，就算獨處的時間很多，卻玩得不盡興。

當天傍晚，返家途中，言允恩突然停下腳步，奮力甩開白曜衍的手，沒頭沒腦地指責他：「你想孤立池安冉嗎？」

「孤立？」白曜衍疑惑反問。他認為霸占言允恩和孤立池安冉是兩碼子事。

「他昨晚連晚餐也不吃，悶悶不樂的樣子，後來就縮進房間裡，連我爸媽看了都緊張，問他為什麼，他也不想解釋。」她一臉嚴肅說：「你知道嗎？他的世界只有你和我。」

聞言，一陣揪心痛，但白曜衍卻裝出無所謂的表情。

「……那就是他自己的問題。他想搞自閉，我們也沒辦法。」他兩手放在口袋，賭氣說。

言允恩眼眶瞬間盈滿淚水，她哽咽說：「你想把他丟掉嗎？就像……我親生父母丟掉我的情形那樣？」

言允恩一向對自己的身世背景閉口不提，所以當白曜衍聽見她連自己的親生父母都拿出來作比喻的時候，才發現她是真的很珍惜池安冉。

白曜衍驚慌失措了，他急忙上前將全身顫抖的言允恩摟在懷中，他的心狠狠抽痛，苦澀感從胸口湧上。

長久以來，白曜衍都在池安冉身上看見自己的影子。看見努力掙扎的池安冉，他就不禁想起曾想掙扎卻徒勞無功的自己。那個曾被為了爭取幸福的媽媽，一腳踹開的自己。

自從遇見言允恩之後，他竟對媽媽當時拋棄自己的事，產生了病態同理心，他甚至還以為，媽媽為了幸福，選擇與另一個男人遠赴異地展開新生活是正確決定。

真可怕。

但這全都是因為：不幸的他們，始終祈求著幸福降臨。在黑暗中，見不得光的他們，太渴求幸福了，基於想澈底擺脫不幸，他們都想緊緊抓住任何可以馬上脫離不幸的一絲光芒。

可悲的是，幸福對他們而言，像黑夜裡難得一見的螢火蟲，如此稀有，在一眨眼之際就會消失無蹤。焦急又無助的他們，恨不得馬上作點什麼來證明自己對幸福的專一。他們都以為，倘若不從身上割捨點什麼，幸福就不願意為他們永駐。

遲疑了許久，他聽見自己對她重述媽媽最後所說的話：「……愛是自私的，為了留住稀有的幸福，一定要割捨一切能夠用來證明真愛的東西。」

3

那天之後，所發生的事情，仔細想想，是他活該受罪。

不知怎麼的，某天一早到校，踏進教室時，立即感受到班上瀰漫著一股奇怪的氣氛。同學們一見到白曜衍便轉身交頭接耳，像是在竊自討論著什麼見不得人的事。

放下書包，在座位上，像往常那樣拿出手機消磨時間，當他滑開手機時，螢幕跳出一則訊息，上面只附了一串網址。

白曜衍不疑有他地按下去，發現網址連結到一篇班級群組的文章。

他看見文章下了一個駭人聽聞的標題：〈意外發現班對白○衍和言○恩是仇家，這兩人簡直是可笑的孽緣啊。〉

「誰這麼無聊？仇家？孽緣？在講什麼？」白曜衍皺著眉頭喃喃自語，他完全沒有半點頭緒。

好奇心驅使下，他仔細看著文章裡的一字一句。

文章內容寫著：「白○衍他家是○○財閥，聽說言○恩的雙親之所以自殺，都是因為被他家所逼，沒想到言○恩不知廉恥，大逆不道，不要臉的跟白○衍交往。白○衍也有夠無恥，一點也不知愧疚。兩人厚臉皮的程度，簡直是天作之合。」

一股莫名的寒意猶如電流，直接從腳底迅速竄升上來，直達腦門。

他強烈顫抖的手沒辦法握住手機，手機一下子就從手心掉落在地。

但他顧不得手機。

抬起頭，馬上就接收到班上同學們投射過來的視線，每雙眼睛像監視器一般無情往他身上掃視，就算對方真沒有惡意，但白曜衍讀完那則充滿惡意的文章後，他覺得每一個人的視線都懷有濃濃的敵意。

他從來不曉得這件事，他和言允恩居然有這樣的淵源……難怪那天晚上，池媽媽會私下拜託他不要將收養言允恩的事告訴家人。萬萬沒料到，逼死言允恩雙親的人竟會是他的家人，他身上有一半的血流著那些人的血，骯髒無恥的血……

——好噁心。

一想到言允恩和其雙親的可憐遭遇竟和他家族有關，他就覺得渾身發冷，胃一陣翻騰。

他感到胸口傳來如刀割般的絞痛，急忙想衝出教室外，卻不小心撞上剛要從後門走進教室的同學——

「白、白曜衍？」

被撞倒在地的人是池安冉，他狼狽地站起身來，隨即又轉過身彎下腰，想撿起掉在走廊上的書包，但後方有人搶先一步幫他將書包拎了起來。

「嘿，池安冉，接著！」尹赫烈撿起書包扔回池安冉手上，並裝熟似地一手搭在池安冉的肩膀上，嘴角勾起若有所指的嘲諷笑容，指著同樣被撞倒在地卻遲遲沒起身的白曜衍說：「喂，池安冉，和那種人交朋友不覺得很髒嗎？」

池安冉臉色刷白，嚥了嚥口水，瞄了一眼倒在地上神情渙散的白曜衍，他忽然用力將尹赫烈從教室拖到走廊。

兩人爭辯的聲音很大，就連陷入一片恍惚的白曜衍，在隱約之中，都能聽見池安冉在罵尹赫烈……

白曜衍眼眶發熱，鼻子一酸，他覺得對比池安冉患難見真情的行為，自己這些日子以來，為了霸占言允恩而刻意疏遠池安冉的舉動，實在是太過分，太無恥了，連他家族做出那種噁心至極的事，池安冉都還那麼憤慨得想幫他辯解。

正當他出自真心反省時，就瞧見尹赫烈怒氣沖沖地快步走進教室，先是瞪了仍坐在地上發楞的白曜衍一眼，而後又回過身瞪了還杵在走廊上一動也不動的池安冉一眼。

氣到臉色發紅的尹赫烈，旋即抛出驚人之語：「嘖！白曜衍！老實告訴你好了，那篇文章就是我發的！平常早看你和言允恩不順眼了，所以想讓大家瞧瞧你們兩個見不得人的一面！至於我是怎麼知道這件事的？哈，你要不要去問一下你那位拜把兄弟，問看看他到底私底下有多討厭你，才想把這噁心的祕密抖出來！」

語畢，尹赫烈便冷哼一聲，走到其他正看好戲的同夥旁邊，繼續發出冷嘲熱諷。

頓時，全班一陣譁然。

因為過於震驚，白曜衍連一點聲音都發不出來，他的思緒全都繞在尹赫烈丟下的那兩句話上：「問看看他到底私底下有多討厭你，才想把這噁心的祕密抖出來」。

站在走廊上的池安冉臉色慘白，整個人僵直在原地，雙眼眨也不眨的盯著仍坐在地上的白曜衍，完全說不出話來。

這時，言允恩正好揹著書包從教室前門走進來，手裡還抱著一疊從辦公室帶回來的作業本，隨口哼著小調，顯然還不清楚發生什麼事。她一到校就直接照老師昨日的吩咐先去辦公室，所以現在才進教室。

然而，當她往教室後方的方向望去，一瞥見因傷心欲絕而癱坐在地的白曜衍時，那疊作業本瞬間從她手上散落一地。

她心急如焚跑過來，蹲坐在他身邊，緊抓住他的手臂，想搞清楚究竟發生什麼事。

但坐在地上的白曜衍不發一語，只是輕輕閉上眼，絕望地把頭埋入膝蓋間，不想讓身旁的言允恩看見他在哭。

而池安冉也跟著走上前來，淚流滿面的他，瞬間跪倒在地，用發抖的聲音不斷懇求他們原諒：「對不起，全都是我的錯，真的很對不起。因為我很擔心，我很害怕你們不要我了，害怕你們連朋友都不想跟我做，我不想一個人，我再也不想忍受一個人了。所以……所以，才會天真的以為只要你們分手了，你們就會重新回到我身邊……我錯了，澈底錯了，拜託請你們原諒我吧，不管要怎樣懲罰都行，拜託不要不理我，不要把我排拒在外……」

4

池安冉就像是隻向來對主人忠心耿耿的忠犬，因為擔心自己快被丟掉，才會一時愚昧做出狗急跳牆的蠢事，卻沒料到這麼做，反而讓主人下了想徹底將他丟掉的決心。

儘管如此，明明就捨不得，也知道池安冉不是故意的，在白曜衍的內心深處存在著很想索性原諒池安冉的念頭。可是，最令他氣憤又無法接受的是，池安冉居然會為了挽回他們的友情，把無辜的言允恩一併拖下水。

事發當天，午休前，白曜衍勉強收拾紊亂的情緒，將池安冉叫到走廊盡頭，以不帶感情的冷淡口吻，對仍淚眼汪汪、雙眼紅腫的池安冉鄭重宣布：「從今以後，我們不再是朋友了。」

「什麼……什麼意思？」呆愣了幾秒，池安冉啞聲問。

白曜衍斬釘截鐵回答：「我和你絕交了。」

「拜託……不要！不、不要跟我絕交！對不起！我真的知道錯了！要怎麼做你才願意原諒我？」池安冉瞪大雙眼，驚慌握住白曜衍的手，滿臉恐懼叫道。

「不管你怎麼做，我都不會原諒你。」白曜衍堅決表示，面無表情甩掉池安冉的手。

「拜託，白曜衍，你是我最要好的朋友，我不想失去你！不管要怎樣懲罰我都行，只要你——」池安冉不肯放棄地苦苦哀求，臉色發白，全身直打哆嗦，再次跪下來求饒。

「哼，我真的是你最好的朋友嗎？尹赫烈和他的狐群狗黨幹出這種事也就算了，但你……你……該死！你是池安冉耶！」白曜衍抬起頭，視線往天花板的方向望去，以免淚水隨時會奪眶而出，他深深吸了一大口氣，才接下去咬牙切齒說：「因為你是池安冉！我最好的朋友做出這種事情更不能原諒！我，白曜衍，絕對不能忍受最心愛的人做出這種背叛我的事！尤其是你還連同言允恩一起傷害！就算我之前為了她的事刻意疏遠你，但我也不至於會做出這種公然傷害、污辱你的事情！而你……而你卻……我知道，我身上流的血很髒，對，我很有自知之明，但你怎麼可以……怎麼可以這樣……」

最後，白曜衍再也說不下去了，他雙拳緊握，指甲深深嵌入手掌心，直至鮮血泛出也不覺得疼痛。因為他的心更痛。

走回教室時，卻發現言允恩早已站在門邊，等著他。

「你對池安冉說了什麼嗎？」她抬起頭，光是看著他的臉，就有辦法猜透他的心思，她哽咽出聲：「曜衍，不要這樣好嗎？這件事就算了吧……」

她眼眶泛淚，白皙的臉頰上仍有濕潤的淚痕。

白曜衍的胸口又是一陣難受。事實上，比起厭惡池安冉，他更痛恨的是自己。他想對她說的是：這樣的我，還有資格愛妳嗎？妳會不會一看到我，就想起妳自殺的雙親？

他搖搖頭，堅決地對她重述了一次：「從今以後，我和他不再是朋友了。」

好不容易，三人在始終沉默不語的氣氛中，捱到了放學。

放學鐘聲一響，白曜衍拎起書包，便要往門外走出去。

沒想到，班上的小混混尹赫烈和那一夥人居然跑過來，攔住他的去路。

「你和言允恩還真不是普通厚臉皮，不可告人的祕密都曝光了，也不分手？」尹赫烈怒視白曜衍，沒見到他們分手還是很不甘心。

另一位長滿雀斑的小嘍囉動手推了白曜衍一下，語帶戲謔：「唉唷！白曜衍，見色忘友啊！聽說你和池安冉絕交了，愛情大過友情嗎？真有你的！不簡單啊，都害人家父母自殺了，這樣你還吃得下去嗎？要不要讓給我們用用？」

「敢欺負言允恩，除非我死！」白曜衍臉色變得陰沉，眼神中帶著濃濃殺氣。

尹赫烈和他的嘍囉忍不住打了個寒顫，他們咬著牙，像一群齜牙咧嘴的鬣狗，遇見了比他們還兇猛的狼，只能心不甘情不願讓道。

走出教室外，白曜衍一個人孤單走著。

他知道現在言允恩一定是陪著池安冉在教室哭。

當他快速下了樓梯，越過穿堂，往校門口的方向走去時，突然間手機響起。

他從口袋掏出滿是裂痕的手機，來電人是言允恩。

他不耐地按下通話鍵，口氣不悅地大叫：「我一輩子都不會原諒他，就算——」

但電話另一端卻不停傳來言允恩的抽噎聲，她勉強以嘶啞的嗓音喊著：「白曜衍，你可以馬上回教室一趟嗎？池、池安冉和……尹赫烈那群人爭執不休，然後就打起來了，他……他快被打死了！求求你！快來！」

5

對氣頭上的白曜衍來說，池安冉充其量只是想賣弄苦肉計博取同情，很可惜的是，他一點也不想買帳。

然而，在言允恩的苦苦哀求下，他還是心軟了。只不過，當他趕到現場時，可憐兮兮的池安冉卻已昏死過去。

那群人早在發現打得太過火的時候，就察覺不妙跑掉了。

整間教室只剩下他們三人。

「池、池安冉！池安冉！」言允恩跪坐在池安冉身邊，拼命想叫醒他：「別死啊！」

「……他不會死的。要是讓我逮到那群人，他們就死定了。」

表面上裝得漠然，實則內心慌亂，白曜衍顫抖著手撥打緊急電話呼叫救護車。旋即，蹲下身仔細檢查池安冉的傷勢。當他發現沒有大礙後，總算鬆一口氣。

正當他躊躇著該如何面對醒來後的池安冉時，言允恩突然抬起頭，用埋怨不已的口吻對他怒斥：「假如你肯原諒他的話，他就不會莽撞地跟那些人起衝突了，現在你滿意了嗎？」

一聽到這番話，以及她為了池安冉而不惜與他撕破臉的態度，他原本逐漸平息的妒意和怒火，突然間又重新竄燒。

「現在是怎樣？他被打成這樣，妳就心疼成這樣？要是今天換作是我躺在這裡，妳會哭嗎？妳會為我難過嗎？」

「白曜衍，你可不可以別那麼幼稚！」她憤怒又激動地叫著。

白曜衍站起身來，朝她吼了回去：「對妳來說，誰比較重要？是我，還是他？二選一！」

止不住的怒氣和醋意同時襲來，逼近歇斯底里的他無法克制地往壞處想：從頭到尾，言允恩的第一順位就不是他，她不是真的愛他！

「可不可以請你別在緊要關頭問這種傻問題？」她緊盯著躺在地上的池安冉，深怕只要一眨眼，池安冉就會停止呼吸心跳。

但白曜衍知道，池安冉就算被打得很嚴重，其實不外乎只是皮肉傷而已。雖然為求謹慎，他還是幫池安冉叫了救護車。

「我現在要聽到妳的答案！」白曜衍瘋了似地朝她大吼大叫：「現在！立刻！馬上！二選一，妳選他還是我？」

「笨蛋！你為什麼要這麼幼稚？這件事不能等到之後再談嗎？況且我都說過——」

「言允恩，我再問妳最後一次……妳只能二選一，是我，還是池安冉？」

「求求你別再問了，我兩邊都不放手！我很貪心，愛情和友情兩邊都要！」

他的嗓音變得虛弱，幾乎是用僅存的一絲氣力在說話：「就算是謊言也好，請讓我相信這世界上，有人能夠為了我，拋棄一切，割捨一切。我就只想聽這麼一句話。只需要一句話就可以證明！為什麼光憑一句話都不肯施捨給我……」

「就算你問我一千次，一萬次，我都不會拋下你和他！」她終於勉為其難將視線從池安冉身上挪開，眼眶裡盈滿淚水，她的神情本來帶著責備，但在接觸到他凝重的目光後，她怔了下，瞬間產生一股不祥的預感，霎時感覺到在他嘴巴張開的那瞬間，即將要說出恐怖的話——

「——那，言允恩，我們分手吧！」

光是這句話，一說出口的剎那間，他就後悔了。

但，又能怎樣？

說出去的話，如同潑出去的水，覆水難收。

更何況，他是那種死要面子的人。

更何況，他始終得不到想要的答案。

「為什麼？」她驚恐地問。

她那哀傷得使人窒息的眼神，他不想再見到第二次。

「因為妳對我的愛是騙人的！」被嫉妒心侵蝕靈魂的他，只匆匆拋下了這句殘忍至極的話。連一秒的時間也不留下來聽她解釋，他頭也不回轉身離去，扔下錯愕的言允恩和可憐的池安冉。

再也不想見到他們了。

他漫無目的往前狂奔，卻怎樣也無法讓腦海中悲觀的念頭停止下來。

這段愛情太痛苦了，疲憊不堪的他再也無法承受了。

一整天下來，惡意謠言帶來的衝擊，已經使他瀕臨崩潰。

每一分每一秒，他都無法停止責備自己身上流著的骯髒血脈。

再加上，從最愛的言允恩身上，也聽不到他想聽的答案。

就算是謊言也好，為什麼她連編造謊言的意願也不肯？

雖知道謊言終究是飄渺虛無的假象，但至少能讓他安心，不至於澈底心碎。

他都已經為了想證明對愛情的忠貞，犧牲最難割捨的友情，只求留住稀有的幸福，卻始終換不到想聽的答案。

言允恩的態度卻和他完全相反，愛情和友情，兩方都不想遺棄。

他們要的東西都一樣，都是幸福，但方法卻不同。

迷惘的他，站在分岔的路上，不知道哪一條路才是通往最正確的方向。

於是，怯懦的他，轉過身，選擇了逃避，逃離了白晝，蜷縮回最黑暗的原點。

妄想在她眼中成為唯一耀眼的白曜衍，回想起好久以前媽媽曾經對他說過的話。他，終究是見不得光的孩子。

幸福，終究只是一場不切實際的夢。

因為只要醒來，希望就會落空。

這樣的夢，他寧可不要。

第九章

回憶深鎖心底，
命運之神卻開啟潘朵拉的盒子

1

翌日清晨，星期六，是個大晴天。

白曜衍推開房門的時候，瞥見門把上有一只提袋，打開來看，竟是學校制服。

正當他滿頭霧水地拿出紙袋裡的制服時，池媽媽忽然走過來，笑著對白曜衍說：「安冉啊，媽媽昨天忘了跟你說，那個……叫白曜衍的孩子，你不是一直都很想他嗎？昨天早上他有來家裡一趟，說臨時要借制服，雖然沒解釋原因，但媽媽便擅自借給他了。昨晚他送回來的時候，你和允恩都睡了。」

「是這樣啊……」

「他說都已經洗乾淨了。」池媽媽笑了笑，湊近聞了聞制服殘留的洗衣精香氣。「那孩子也真是的，其實他應該要留下來住一晚再走，因為你和他一定有很多話想說。我勸他留下來過夜，但他堅持不方便打擾。」

「除了制服的事，他還有提到其他的事嗎？」白曜衍忍不住問。

「沒有，不過他……」池媽媽欲言又止，表情為難。

「怎麼了嗎？」白曜衍追問。

「事實上，他要我保密。昨晚他好像很沮喪，還哭了。哭了之後又求媽媽別把他哭的事情跟你們說。唉，看到他哭，媽媽也跟著哭了，畢竟從以前到現在，我一直把曜衍當成是家人看待。」池媽媽遲疑了幾秒，才又接著說：「真奇怪啊，一見到他，我反而是想起了……之前的你，安冉啊，你之前也是動不動就哭。你現在的模樣，反而和曜衍很像……總而言之，媽媽真心希望你和他能重修舊好。」

「他……我一直都很想念……白曜衍嗎？」

「對啊，怎麼會看不出來？」池媽媽眨了眨眼，輕拍他的背，瞥了一眼牆上的鐘說：「現在還很早，媽媽不曉得你今天會這麼早起，怕早餐先做了放著會涼掉。你爸爸還在睡，允恩八成也還在賴床，待會等到他們起床的時候，早餐應該就做好了。我們再一起吃吧。」

白曜衍期待的點點頭。

池媽媽笑了笑，便朝廚房走去。

回房間後，白曜衍默默將制服收回衣櫃，然後坐在書桌前發呆。

當他聽到池安冉哭的時候，難以形容的糾結感浮上心頭。

反覆想起那一天，三人感情徹底破碎的那一天，胸口的碎片一片片散落在地，而輕輕踩在上面的他們，都被碎片刺傷了……放任傷口持續潰爛。

他嘆了一口氣，不由自主思索著，命運之神之所以安排他和池安冉交換靈魂，必定是希望他們藉此修復彼此的感情。

這一次，不管如何，一定要想辦法找言允恩和池安冉，三個人當面說清楚。

他好奇的想，不曉得曲悠安排見面的事進行得如何了？是否已經說服池安冉？

其實白曜衍也可以直接問池安冉，但他拉不下臉，他很擔心池安冉會像昨天上午那樣情緒失控。這點，向來觀察力敏銳的曲悠前輩，肯定也猜得出來，所以才會主動伸出援手。

他拿出手機，傳送一則訊息給曲悠：「曲悠哥，我是白曜衍，假如池安冉願意見面的話，希望你能代為轉達：我和言允恩希望約在這個月底，也就是下星期五的放學後，地點是在學校斜對面巷子裡的咖啡館。」

接著，他打開抽屜，從筆記本小心翼翼撕下一張紙，思考著要怎樣寫才能為阿燦的妹妹打氣。

他一隻手撐著額頭，另一隻手下意識轉動手上的筆，陷入沉思狀態。

一不小心，筆蓋忽然由旋轉的筆尖鬆脫開來，從空中彈飛出去，倏地就順著書桌邊緣滾進了床底下——

「真是的……」白曜衍無奈地站起身來，走到床邊，趴在地上，手裡還握著少了筆蓋的簽字筆，另一手則伸入床底下摸索，但卻沒發現筆蓋。

他只好探頭往床底下仔細張望，幸好，筆蓋只是滾到床下最角落的鐵盒旁邊。

事實上，早在以池安冉的身分住進這個家的時候，他就已經大致翻查過整間臥房內的擺設和物品了。

白曜衍萬萬沒想到，床底下居然還藏著一個沒見過的方形鐵盒。

憑著一股奇怪的直覺，他總覺得這鐵盒似乎藏有什麼祕密。

「不過，該不會是……限制級刊物吧？」

這也不無可能，畢竟藏得這麼隱密，要不是筆蓋滾到床底下，他還真的是不太可能會發現。

他猶豫著是否要打開，擔心若真的是限制級刊物會很尷尬。

他先將筆蓋套回放在地上的簽字筆，然後起身坐到床沿，他猶豫不決地將鐵盒放在床上，不知道該拿這個鐵盒如何是好。

稍微晃動了幾下，聽到裡面傳來沉沉的聲音，像是裝著紙製品和一堆厚重物件，這實在是太……太令人好奇了。

「池安冉啊，抱歉了，誰叫我現在變成了你房間的主人，誰叫你昨天在學校叫我用你的身分過一生，這就代表你的東西我只好全都接收，是吧？」

白曜衍吐了一口氣，又深吸一口氣，重複做兩三次後，兩手扣在鐵盒蓋上，準備揭曉正確答案——

「喂！笨蛋，你醒了沒，媽說吃早——」

鐵盒才剛打開一半，房門竟冷不防地被推開來，走進來的人是頭髮凌亂，剛睡醒不久，睡眼惺忪揉著眼睛的言允恩。

她穿著輕便的T恤和短褲，未經允許便走進來，碰巧撞見白曜衍作賊心虛地將盒子塞進棉被裡。

「那、那是什麼？你在看什麼？棉被裡面藏了什麼東西嗎？」言允恩睏意全失，好奇心作祟下，她跑過來，作勢要掀開棉被。

情急之下，白曜衍從床緣上猛地跳起想阻止她，但沒想到卻一腳踩著被遺忘在地的簽字筆，滑一跤後，便不小心將言允恩撲倒在床上，誤打誤撞竟成了令人臉紅心跳的床咚。這個曖昧姿勢讓兩人緊張到連一句話都說不出來。

他往後稍微瞥了一眼門的方向，眼角餘光發現，幸好那扇門呈現半掩的狀態。

旋即，白曜衍回過頭來，緊盯著被按壓在床上滿臉通紅的言允恩，她頰邊凌亂的髮絲飄散出淡淡的香氣，長長的睫毛宛如受到驚嚇的蝴蝶翅膀般顫動著，那雙美麗深邃的眼眸眨啊眨的，楚楚可憐的模樣簡直讓白曜衍無法招架。

她的心跳瀕臨失速狀態，思緒一片混亂，臉頰發燙。

驚慌失措之下，她亟欲想說些話來掩藏害羞：「你、你幹嘛？昨晚的事我可還沒原諒你！別想又用池安冉的——」

但下一秒，他卻情不自禁用嘴封住了她的唇，阻止她繼續說下去。

對上了他的眼，她看見他眸中透著熟悉又溫柔的光芒，她輕輕闔上雙眼，用同樣深情的方式，回應他的吻。

而這一刻，他們感覺珍貴稀有的幸福又重新回到他倆身邊。只盼著這一瞬之間的幸福，有朝一日能成為永恆。

儘管他覺得這或許只是觸不可及的奢求。

「允恩、安冉，你們兩個趕快來吃早餐！」

忽然間，池爸爸的聲音從門外傳來，伴隨著走向廚房的腳步聲。

這冷不防傳來的呼喊聲，讓兩人從親吻中驚醒過來，嚇一大跳的白曜衍登時從言允恩身上跳開來，腳步迅速挪移到床邊的書櫃前，他扶著額頭，搔亂頭髮，試圖想要冷靜紊亂的思緒。

而言允恩也馬上從床上支起身子，同樣也是腦袋一片空白，緊抿著嘴，一時之間緊張到說不出半句話，正在調整急促的呼吸。

隔了半晌，她想起了剛才沒完成的事，動手掀開棉被，旋即發現被白曜衍藏在裡面的方形鐵盒。

她訝異地說：「啊，這是——」

白曜衍神情慌張喊道：「那、那不是我的，是池安冉的！別打開，裡面可能有些不太方便女孩子看的東西——」

「在胡說八道什麼？」她將盒子摟在懷中，輕輕嘆一口氣，仰頭瞪視站在書櫃前不知所措的白曜衍一眼說：「這是池安冉的藏寶箱，終究還是被你看到了。」

「什麼？藏寶箱？那是什麼？」他困惑極了。

「待會再看吧，先去吃早餐，不然爸媽會起疑。」

她將盒子放回床上，跳下床，對他招招手，要他一起跟著出去吃早餐。

2

吃完早餐，兩人回到池安冉的臥房。

關緊房門後，白曜衍忽然說：「昨晚的事，我真的很抱歉，不管能不能換回來，都不會再離開妳了。」

她沉默不語走到床邊抱起鐵盒席地而坐，並以眼神示意要他跟著坐下。

白曜衍照作後，又在她耳邊重複一次：「我發誓以後再也不會扔下妳了。」

「……不會扔下我，也不會扔下池安冉嗎？」她問，若有所思望著鐵盒。

他避而不答，順著她的視線望去，故作輕鬆：「可以看看裡面裝著什麼嗎？為什麼說是藏寶箱？池安冉還藏寶物？」

見她沒答腔，他逕自拿起鐵盒，仔細打量繪有懷舊復古風格圖案的餅乾鐵盒。

三年前，他們曾在學校附近商店街的櫥窗裡看過類似的盒子。當時池安冉湊近玻璃窗，指著其中幾個盒子笑著說，裡面的手工餅乾看起來很美味，想吃。

沒想到池安冉後來真的買下了。底部的保存期限貼紙已泛黃，若裡面還放有餅乾的話，一定早就發霉。不過，依照池安冉的個性，八成早就在買下那天就全部吃光光，根本不會有吃不完發霉的疑慮。

打破沉寂的氣氛，言允恩以稍顯痛苦的語氣說：「你可以打開，反正，你本來就有資格看。」

「他不會生氣吧？」白曜衍雖然嘴裡這麼說，但他的手還是做出預備要將它打開的動作。

「幹嘛？剛才就想拿起來偷看的人，現在還怕他會生氣？」言允恩沒好氣的酸他。

「也是。」說完白曜衍就將盒子打開了。

一打開，裡面並沒有限制級刊物，也沒有任何會引人胡思亂想的東西。

他有點小失望，還以為會看到池安冉尷尬的一面。

「對池安冉來說，我們三人曾經擁有過的時光，是他最快樂、也最悲傷的回憶。」

言允恩從鐵盒裡拿出幾張些許泛黃的相片，內心有一種說不出的失落感和惆悵。

而白曜衍從來沒想過，池安冉那傢伙居然會將手機裡的照片全部送去沖洗。

相片裡，他們三個笑得如此燦爛。

每張相片都是三年前拍的。

池安冉的時間，彷彿永遠停滯在那個時期，那段既甜美又苦澀的時光。

那些曾經讓白曜衍不堪回首的回憶，對池安冉而言，卻彌足珍貴。

零散的相片底下還有兩三本相簿，翻開來看，池安冉詳細記錄國中時期三人相處過的每一次日常聚會及課外活動。

翻到其中一本的時候，白曜衍發現有一頁之後全都是空白頁。那一頁最上方的標題寫著「校外教學日」，原本下方的空白欄位都會貼上相片。但那天，卻因為白曜衍拒絕與他同組，所以池安冉當時才請病假缺席，也難怪沒有留下任何紀錄。

難以形容的愧疚感油然而生，當時他明明知道池安冉很期待那天的到來，可是為了獨占言允恩，他還是狠下心來將池安冉排除在外。

他以為，只有「唯一」才足以證明對愛情的忠誠。

但，言允恩和池安冉似乎打從一開始就不那麼想了。

最喜歡和只能喜歡，兩者意義不同。

鐵盒最底層，還放了好幾張泛黃的信紙。這些皺巴巴的紙張全都揉皺了，池安冉似乎曾將紙張揉爛，但後來又捨不得丟掉，所以最後還是將它們收藏在盒子底部。

上面全寫滿池安冉發自真心的懺悔，池安冉似乎原本想將這些紙張一併寄出，但後來不知怎麼搞的，又改變主意，成了永遠沒寄出去的信。

言允恩低垂著頭，很艱難地開口說：「三年前，池安冉住院醒來後的第一句話，就是他不想跟你絕交。他反覆問我，為什麼你都不肯來探望他。我不知道該怎麼回答才好。當他得知你轉學後，他受到嚴重打擊，情緒崩潰。」

停頓了一下，她指著信紙上的血跡說：「因為自責的關係，他反覆自殘，進出醫院的次數難以計數。儘管如此，在他的內心仍抱著一絲希望。可是，你卻斷絕聯繫，最後，只能在電視上看到你的臉孔。只有我們才看得出來，你的笑很不真切，這代表你始終沒有忘記我們，但你卻假裝自己正在遺忘。那天新聞傳來你疑似輕生的消息，他以為這全都是他害的。他彷彿鐵了心要死，想追隨你而去，和以前那種自殘的程度不一樣。要是我沒提早警覺，池安冉就會永遠消失在這個世界上了。」

白曜衍默不作聲，強忍著淚水，故做鎮定地把視線瞄向天花板上。

言允恩繼續說：「這三年的流逝，對我們來說，全都是空白的，停滯不前的，我們擺脫不了過去，也沒有辦法去擁抱未來。活著就像死了一樣。倘若你沒有和他交換靈魂，依照我對你的了解，我們這一生，都不可能重聚。你是那種一旦逃避，就會躲得遠遠的人。」

眼淚順著她的臉頰滑落，她很努力想克制激動的情緒：「確實，他做了很過分的事，但你也做出很過分的事。今天換做是你，被我和他排擠在圈子外，你難道不會生氣嗎？」

白曜衍眼眶灼熱，他低下頭，看著手腕上那一道道刀痕，最嚴重的那一道，就發生在靈魂交換的那一天。

池安冉想必在那一晚下定決心，決定要澈底離開這個悲傷的世界。對池安冉來說，他的世界就是他們三人的世界，他最快樂的一刻，就是從三人相處的那一秒起算，到分開的那一刻止。從此，他的時間便靜止不動，池安冉就被禁錮在過去的時空。

「既然你曾問過我二選一的傻問題，那我也要問你同樣蠢的問題，你要老實回答我才行。」言允恩用反諷的口吻，看著白曜衍憂傷的側臉說：「你真的愛我嗎？」

「……這還用問嗎？我當然愛妳。」

「當你拋下我們離去時，不瞞你說，我曾懷疑過你的愛。你應該很清楚，這三年來，我有多痛苦。可是，即使你知道我很痛苦，你也不回來救我，你甚至還違背最初的誓約。你曾說過，你會永遠陪著我。」

他解釋：「我很愛妳，當初也很想回來找妳，但只要有他在，我就不想回來。坦白說，我害怕有一天妳對池安冉的愛，會大過於妳對我的愛。我難以接受這個事實，我希望妳全心全意愛我。我說過了，我之所以逃開，是怕失去妳。」

「因為害怕失去，所以寧可放棄掙扎？沒有我們，你過得幸福嗎？你沒有試著追逐幸福，反而往反方向跑。你不告而別，是因為不夠信任我們，你沒有安全感，所以才拋下我們。但其實你反而是最害怕被拋下的人。」她埋怨。

他沒有回答，算是默認了。

「所以，池安冉才會故意說你可以用他的身分和我在一起，而他，會從此逃得遠遠的，就像你當初那樣。他為了讓你和我在一起，寧可選擇消失。但，這真的是你要的結果嗎？透過犧牲換來的幸福，真的是幸福嗎？你真的希望曾經的好朋友澈底消失在你的生命中嗎？他曾經依賴和信任你，你真的要抹除你和他的過去？假使這樣，和你在一起的我，也不會覺得幸福。相對的，罪惡感會永遠存在你我之間。」她哀傷地說。

但白曜衍依然沒有回答，那些相片帶給他的衝擊，再加上言允恩所說的話，讓一直以來故作冷漠無情的他，澈底崩潰，卸下了所有的武裝。

他的雙眼滿是自覺慚愧的淚水，儘管再怎樣隱忍，眼淚仍舊不爭氣地不斷從臉頰滑落。

正如言允恩所指出的事實，他害怕總有一天自己會被他們不預警拋棄，因此，他才會乾脆選擇逃避。

童年的陰影始終陰魂不散。但沒想到，這殘忍的陰影，在他逃開的那一瞬間，早已化作一縷繚繞不散的詛咒，從此也如影隨形糾纏著他所愛的那兩人。

到頭來，他才是親手摧毀幸福的人，將他們一同帶入痛苦的深淵。

這種結果，絕對不是他想要的。

3

隔了幾天，忍受等待的煎熬，曲悠終於回傳一則訊息：「曜衍，我剛從義大利回來，有關硬幣的事，池安冉會當面告訴你調查結果。至於時間和地點就照你們所約定的，祝你們一切順利。」

隨著預定見面的日子愈來愈逼近，他們都滿懷期待，恨不得時間能過得快一點。

這段時間，班上同學們最關注的話題，始終圍繞在他們三人的八卦上。

對於同學們好奇的提問，白曜衍通通都以避重就輕的態度，輕描淡寫帶過。

值得慶幸的是，代替池安冉上學的白曜衍，也逐漸交到幾位朋友，包括曾經罵過池安冉怪胎的姜以瑞。

姜以瑞私下坦言，剛入學時，自己曾主動對池安冉釋出善意，想與池安冉交朋友，沒想到卻被拒絕了，所以才會從此對他特別反感。

而班上多數同學，也多抱持著類似的報復心態，久而久之，池安冉便徹底被孤立於人群之外了。

池安冉之所以這樣，應該是在懲罰自己，不然，他這個人，最怕寂寞了。

回想以前，就算三人形影不離，池安冉也不至於連一個朋友也沒有。

「見面之前，我想先去買個東西。」

約定會面的前一天，白曜衍臨時起了個提議，他牽起言允恩的手，來到以前國中附近的那條商店街，尋找某樣想送給池安冉的禮物。

言允恩早就猜出他的想法，他倆站在櫥窗前，指著櫥窗裡的一項商品，兩人相視而笑，接著馬上就請店員幫忙結帳。

翌日，他們懷抱既期待又怕受傷害的心情，痛苦熬過一整天的課。

放學鐘聲準時響起的那一刻，白曜衍和言允恩幾乎同時站起身，默契十足的拎起書包往門口的方向衝出去。

「幸好最後一節課是自修。」

在走廊上快步走著，言允恩挽住白曜衍的手，臉上漾起開心的笑容。

抵達咖啡館後，店員阿燦發現只有他們兩個出現時，臉上浮現失望的神情，他著急地問：「那位藝人呢？那位自殺藝人怎麼沒來？昨晚你在電話中不是說過他會來嗎？我妹妹很期待……」

「可以請你別叫他自殺藝人嗎？」白曜衍白了他一眼。

阿燦搔了搔後腦杓，視線忍不住又瞄向白曜衍的手腕處，隨即才解釋：「不好意思，我太著急了，我指的是藝人白曜衍。」

「應該待會就到了。就像昨晚在電話中說的，為了避人耳目，要請你先幫我們準備包廂，我們三個私下有話要先談，談完了再去探視你妹妹，好嗎？」

「當然，當然，我都幫你們準備好了，不過你們會聊很久嗎？因為我妹妹她不方便等很久，你們知道她病得不輕，我不希望她太晚睡。」

阿燦領著他們到一處較隱密的包廂，然後便走出去繼續服務其他的客人。

大約半小時後，池安冉遲遲未現身。

白曜衍嘆了一口氣，站起身來對仍不死心的言允恩說：「我們走吧，他今天應該是爽約了。」

「不可能，他一定會來。這可是他盼望很久的會面，他怎麼可能會——」

言允恩話還來不及說完，驀地，包廂的門就被推開，只見一抹熟悉的人影緩緩從門外走進來。

「池安冉！」言允恩興奮大叫，撇頭望向身旁重新坐下的白曜衍，用唇語像是在說：看吧，我就知道他一定會來。

白曜衍尷尬的緊抿著嘴，沒來由心跳加速，視線緊緊盯住池安冉不放。

池安冉的裝扮和上次大致雷同，整體穿搭基本上很低調。

坦白說，親眼見到原本屬於自己的熟悉身軀站在面前，所感受的震撼感仍然很大，只能說幸好這次受到的衝擊已經沒上次來得那麼強烈。

走進包廂後的池安冉先是在原地遲疑幾秒，然後才悶不吭聲的坐到白曜衍和言允恩對面的沙發椅上，慢慢取下帽子和口罩。

從那張俊美精緻的臉上看不出任何情緒起伏，池安冉有意想保持沉默，低下頭，假裝在看放在桌上的點菜單。

這實在不像從前的池安冉。以前的他就像隻拼命搖著尾巴的小狗狗，隨時都會露出期待又靦腆的笑容，總是很珍惜每次的小組聚會。

而現在的池安冉，看起來是如此陌生，眉宇之間不帶一絲笑意。

「喂！池安冉，少裝模作樣了？還故作老成？上次你跑來學校造成騷動的事，我還沒原諒你！」白曜衍不受控制的說出蠢話。

其實他想說的是：池安冉，我們和好吧。

可是，他實在說不出口。太難了。他怨恨口是心非的自己，恨不得掐死自己。

「池安冉，白曜衍想要跟你和好。你們兩個握手言和吧，我們三人恢復以前的友誼吧，好嗎？」言允恩直接開門見山的說。

白曜衍對她投以感激的神情。

言允恩則對他眨眼，暗示他別再說蠢話。

然而，池安冉絲毫不領情，繼續低頭看菜單，仍避免與他們視線交會，就像一隻曾被主人澈底拋棄過的小狗狗，懷有濃濃戒心，唯恐一鬆懈便會受到二次傷害。

這時，上次那位紮著褐色馬尾的女店員走進來，詢問他們要點什麼，當她視線落在池安冉身上時，她的嘴唇微張，認出這位就是近日負面話題不斷的藝人。

「真、真沒想到，哇啊！居然是白曜衍本人耶！真的是本人！」女店員露出訝異的神情大叫，語氣中摻雜著驚喜和驚愕，但白曜衍沒有漏看她那一瞬之間從眼神迅速閃過的一絲不安。她看起來似乎不全然是粉絲見到偶像的興奮態度，反而像是想起了什麼可怕的事，但卻不敢說出口。

「怎麼了嗎？」白曜衍狐疑的問。

「……沒、沒事，呵呵，」女店員快速用手背抹拭了額前微冒的汗水，她擠出笑容說：「你們……想點什麼餐點？」

由於池安冉不發一語，於是言允恩便擅自為三人點了相同的飲料和甜點，以節省時間。

等到女店員走出去後，池安冉忽然用極度不信任的語氣說：「白曜衍，你之所以想跟我和好，只是為了想快點把身體換回來吧？所以才會故意說要跟我和好，我不會相信你真心想要和好。你……你一定還很恨我。」

池安冉還是不肯把目光從桌面移開，明明點菜單都已經被女店員收走了。

白曜衍不答反問：「你怎麼會以為我想盡早把身體換回來？」

池安冉握緊拳頭，他咬牙切齒的說：「因為……因為這樣你就可以再次拋棄我和言允恩了，你是這麼計畫的吧？」

「我的確是想把身體換回來，你說的沒錯，只不過我發誓我不會——」

「看……看吧！我猜對了！你果然有目的！」池安冉打斷他的話，不讓他說完，接著一股腦地大聲怒吼：「我不會跟你換回來的，一輩子都不可能換回來了，你休想像上次那樣一走了之！」

「可是曲悠……」白曜衍愣了愣，詫異地問：「曲悠不是有去義大利幫我問古硬幣的事嗎？他在簡訊中提到你會跟我說調查結果，我想應該是有查到交換回來的辦法才對。」

池安冉嚥了嚥口水，嘴角勾起自嘲的笑容說：「他的調查結果就是變不回來。他不敢當面說，只好拜託我告訴你這殘酷的事實！我和你，永遠都變不回來。都說了，以後你就一輩子用池安冉的身分過一生，和你心愛的言允恩同居一輩子！而我，我會用你白曜衍的名義，過你的生活！我會好好享受你那沒有我和言允恩也可以逍遙自在的生活！」

語畢，包廂頓時陷入沉默。

氣氛變得很低迷，得知永遠無法交換回來的事實，讓白曜衍和言允恩都受到了巨大的打擊，一時之間開不了口。

池安冉依然視線向下，兩隻拳頭握得更緊了。

靜默許久後，白曜衍終於打破沉寂，他以真誠的口吻對池安冉承諾：「池安冉，假如你是擔心我會從此拋下你和言允恩不管，那是你多慮了。我已經決定，不管能不能與你交換回來，都想永遠跟你們在一起。我不會再做出逃避現實的傻事，三年前的我真的很幼稚，我已經反省過了。對不起，我確實有錯在先，而你，也犯了錯。我們都犯下了愚昧的錯。而我，深感後悔，我相信你也很懊悔……我希望我們能夠扯平，不要再生彼此的氣。」

聽完這一席話的池安冉抬起頭來，表情仍滿是猜疑，但已經沒有像剛才那麼明顯的戒備。他們忽然覺得池安冉不像在生氣，只是擔憂再次被拋棄，所以才會故意用發怒來掩飾內心的防備。

這時，包廂的門又打開了，把餐點端進來的是店員阿燦。

他將托盤放在三人面前，手指著錶低聲詢問白曜衍：「你們還會聊很久嗎？」

「大概還需要十幾分鐘吧，我猜。」白曜衍皺起眉頭，不太滿意被催促。

「啊，好吧，那我等你們。我會打電話跟我妹妹說一聲，說藝人白曜衍還要讓她等一陣子。」

待阿燦離去後，池安冉警戒的提出質疑：「他要做什麼？什麼妹妹？」

隨即，言允恩簡單扼要地把事情原委說給池安冉聽。她說完後，轉過頭用嘴型對白曜衍說：

你該不會忘了跟他提這件事吧？

白曜衍心虛聳肩，他完全忘了事先知會池安冉。潛意識裡，他覺得池安冉一定會排除萬難赴約，就算沒有阿燦的妹妹的事情當誘餌也一樣。畢竟，白曜衍是最了解池安冉的人之一……

「好……好啊，既然還有粉絲等著我去探病，那就長話短說，從今以後，我一輩子都是白曜衍，而你一輩子都是池安冉。」池安冉顯然以為這麼說，白曜衍就會慌了手腳，他似乎等著看白曜衍發飆，像三年前那樣。

然而，白曜衍卻只是苦笑一聲，他嘆了口氣答道：「假如這樣，你會願意跟我和好，那我們一輩子變不回來也沒關係。只求我們是一輩子的朋友，像以前那樣。」

池安冉聞言，眼睛瞪得很大，他轉頭望向言允恩，想從她眼中確認白曜衍是否純粹只是說些敷衍的話。

但言允恩卻朝他露出溫柔的微笑，輕聲解開他的疑惑：「他是真心想跟你和好，你應該相信他，就像我相信他一樣。」

「可是……可是……」池安冉動搖了，他不知道該說什麼才好。

見狀，言允恩拿出一只提袋，放在桌上。

「池安冉，這是白曜衍要送你的禮物。打開來看。」她說。

池安冉怯生生地伸手拿起提袋，當他一打開，發現竟是手工餅乾的鐵盒時，他整個人愣住了。

「池安冉，這個鐵盒的圖案和你的藏寶箱一模一樣，以後，我們三人的回憶就繼續裝在裡面吧？原本的藏寶箱已經不敷使用了，我們必須製造新的回憶。」言允恩走到池安冉身邊坐下，緊握住他發抖的手。

白曜衍強忍著眼眶快要滴下的淚水，故意用調侃的口氣掩蓋自己真正的情緒：「喂，池安冉，你的習性還真的是和狗狗沒兩樣，總是喜歡叼東西回家。」

言允恩情不自禁笑出聲，伸手抹去臉上的淚水：「是隻可愛的小狗狗呢，白曜衍三年來始終對你念念不忘，他只是不想承認而已。」

「哼，哪有？」白曜衍逞強回嘴：「應該說池安冉的藏寶箱感動了我。」

「少騙人，你明明早就想原諒他了，只是嘴硬。」言允恩駁斥。

池安冉默不作聲一陣子後，才又開口問：「你們真的願意原諒我之前做的那件事嗎？那件很……很下流的事。」

「你把我和她的事說出去……我的確覺得很過分。」白曜衍坦白說出心聲：「這三年來，對我和她造成了很大的傷害，只是她很快就選擇原諒你了。而我，也因為那件事，對言允恩很過意不去，覺得自己身上流的血脈很髒，也懷疑自己有沒有資格繼續喜歡她……」

「對、對不起！我錯了！」池安冉淚水潰堤，他低下頭，真心懺悔：「曲悠給我看了一封你寫的遺書，裡面提到你之所以要當藝人，是希望能靠自己的能力，把賺到的錢全送給言允恩贖罪！對不起！這全都是我害的！」

言允恩瞪了白曜衍一眼：「你幹嘛？那件事情本來就跟你沒有關係，是我們上一代的事，我一點也不責怪你！」

白曜衍忍不住嘀咕：「曲悠哥那白痴，那封信只是我心情不好時寫的，根本就不是遺書。」

池安冉則繼續抽抽噎噎地說：「謠言被散播出去的前一天，我心情很沮喪，很擔心你們不想跟我做朋友，所以當尹赫烈來找我探話時，我才會一時衝動說出去，只是沒想到他卻……我沒料到他會加油添醋……」

「好啦，既然你都知道錯了，我原諒你。」白曜衍語氣平靜：「順便再跟你強調一次，那不是遺書，我從來沒有想過要自殺。因為活著就是一種贖罪，池安冉，以後我不准你再想不開，否則我一輩子都不會原諒你。」

言允恩輕輕拍拍池安冉的背，安慰他說：「既然心結都解開了，就拋開過去的束縛，一起放眼未來吧，以後我們都要很幸福。」

4

離開包廂後，三人準備依約前往阿燦的公寓去探視他妹妹。

這時，池安冉瞬間想起一件事，他頓了一下，同時停下腳步說：「對了，我還有件事情想跟你們坦白。」

「待會再說吧，已經讓阿燦等很久了。」白曜衍焦急的瞄了一眼手機，發覺時間不知不覺已經接近晚上六點。

「對他妹妹真不好意思，讓她等這麼久，今天還是她的生日……」言允恩也跟著說。

他們走到櫃檯前結帳時，白曜衍詢問正忙著找零的褐色馬尾女店員：「請問阿燦呢？」

「咦？你們找他有什麼事？」她露出詫異的神情，將零錢放在白曜衍的手心。

池安冉調整好臉上的口罩，語氣凝重地說：「要去見他生病的妹妹。」

正當女店員張開嘴巴準備要回答時，阿燦突然從後面湊近，興高采烈地拍拍他們的背，咧嘴笑說：「太好了，我還以為你們忘了這件事，走吧，走吧，我妹妹剛才打電話給我的時候，哭得多傷心呢，以為你們把她給忘了。她就是這樣，滿腦子都是偶像的事，哈哈。」

待他們一行人快走到門口時，阿燦回過頭來交代女店員：「對了，妍秀，剛才我有先跟店長報備過了，店裡的事麻煩妳。」

此時，天色已經漸漸暗了下來，阿燦走得很急，看起來很焦躁，似乎急著要將他們帶回住處去見妹妹，一路上都沒與他們聊上半句話。

而他們三人，因為才剛和好沒多久，氣氛還是有些尷尬，誰也沒主動打破沉默。

畢竟事隔三年，長久以來累積的沉重情緒，沒辦法在一夕之間全都消弭平復。千瘡百孔的靈魂所承受的傷痛，未來仍需要以滿滿的愛慢慢治療。

大約走了幾分鐘後，轉入一條偏僻小巷，又穿越曲折的暗巷，來到一間外觀有點老舊、殘破的老式公寓。看來阿燦的家境並不樂觀。

爬上樓梯，一打開門，難聞的霉腐味從裡面飄散出來，白曜衍探頭進去張望的時候，發覺房子裡除了霉腐味外，還傳出一股令人不太舒服的刺鼻氣味。

「不好意思啊，空氣不太好。」

阿燦一副手忙腳亂的模樣，迅速將他們帶往裡邊最角落的房間。

這是一間燈光昏暗微弱的房間，房門對面有扇緊閉的窗，厚重的窗簾全緊緊拉上。

房間各個角落都裝飾著造型可愛活潑的霓虹燈，木桌上放有六吋左右的生日蛋糕，周圍的牆面也布置很多生日派對的小物件。身為哥哥的阿燦似乎很努力想為妹妹營造生日派對的歡樂氣氛。

房裡的家具不多，只擺放一張破舊沙發長椅和兩三張單人沙發椅，一張深褐色的木桌立在沙發椅的中央。

整體看來，實在是很寒酸慘澹。

「隨、隨便坐，我去叫我妹妹出來。馬上、馬上就回來！」

說完後，也不等他們回答，阿燦便快速帶上門，衝出房間，神情很慌張，一刻也不得閒。

發覺房間裡到處都是滿滿的厚重灰塵，白曜衍忍不住低喃道：「這小子……妹妹都病成那樣了，房子為什麼不抽空打掃一下？」

他很擔心在惡劣環境下養病的病人，病情很難會有好轉。他推測房子裡的其他房間也八成都是這副德性。

「是啊，我本來以為他是那種為了妹妹的健康，凡事都會打理得很周到的哥哥。」言允恩皺起眉頭，環視小房間的各項擺飾。

摘下口罩後的池安冉，則像隻好奇心旺盛的小狗狗，在這間小房間四處走動打量，隨意拿起東西往眼前湊近瞧。

最後，他們都同時被放在窗邊長形矮櫃上的物件吸引，三人有默契地走上前去。

憑藉著四周霓虹燈和牆面一盞小夜燈的照明下，他們看見矮櫃上放了一堆偶像藝人的周邊商品，以及演唱會必備的應援小物。

櫃子上也擺滿了藝人的相框。

白曜衍嘗試想從中找到自己的相片，但詭異的是，這些相片裡沒有一個是他，除此之外，這些相片裡的藝人，通通都是同一人。

「不覺得哪裡怪怪的嗎？他哥哥是不是搞錯什麼了？」言允恩驚詫的呢喃。

連池安冉也忍不住為白曜衍抱不平，以略帶不滿的口吻表示：「她妹妹根本……根本就是別人的死忠粉……這樣會不會太侮辱人了？連一張你的照片都沒有……」

「這不要緊，只是我覺得有點不尋常，這位前輩我好像在哪見過——」

白曜衍邊說，邊試著回想是否在哪曾經見過照片裡的藝人，他發覺對方看起來有點熟悉，但一時之間，很難一下子想起來曾經在哪看過。

不知道是不是房內滿溢的那股刺鼻味，使他有點頭暈，腦袋變得不太靈光，他覺得全身上下有點疲倦。

當白曜衍很努力集中思緒，感覺上就快要想起什麼，答案即將要從嘴邊呼之欲出時，剎那間，三人背後的那扇門冷不防猛地打開。

憑著一股直覺，三人同時下意識轉身。

走進來的是面目猙獰的阿燦，那對變得極度陰沉的雙眼迸射出凶狠怨恨的殺氣。

阿燦隨手甩上了門後，緩緩朝他們近逼，手裡還緊緊握住一個東西。

藉由房內昏黃光線，打著哆嗦的他們瞇起眼睛看，霎時才驚覺那是一把閃著寒光的利刃——

第十章

當幸福輕聲呼喚，
我將履行永不再放手的承諾

1

「兩年前，你害我妹妹模仿你自殺！自殺藝人！對，你這張臉，正是殺死我妹妹的兇手！禹世燮！就算化成灰，我也認得出你！」阿燦發出痛苦的嘶吼聲，指向瞪大雙眼的池安冉。

「禹世燮……那位前輩，他在兩年前就自殺身亡了……難不成你妹妹……」白曜衍赫然回想起禹世燮是曲悠的故友，因承受不了久病纏身的折磨走上絕路。

「他、他不是什麼禹世燮！你、你認錯人了！」言允恩強忍住恐懼，顫顫巍巍地反駁。

白曜衍想撬開身後的窗戶，但窗簾一掀，卻看見已被木板封死的窗戶。

他迅速回過身，擋在言允恩和池安冉前面，想保護他們。

同時，他感覺意識愈來愈不清楚，他懷疑早有預謀的阿燦已在飲料裡下藥，而藥效逐漸發作，才會使他們漸漸難以使上力氣。

身後的言允恩也快支撐不下去，身子癱軟，背緊靠在矮櫃前，努力想振作精神，以免因意識不清而倒地。

而池安冉同樣陷入恍神的虛弱狀態，不僅對眼前的危機束手無策，還嚇得臉色發白，冷汗直冒。

「啊，禹世燮，我可憐的妹妹看了新聞後，她的心都碎了，她是多麼喜歡這個混帳。我妹妹為了禹世燮，甚至能夠以死證明！結果她就做了一樣的傻事！好端端一個人，等哥哥發現時，就成了……現在，禹世燮，你必須對我妹妹證明你的真心！來吧，我帶你去見她！」他朝嚇得全身僵硬的池安冉招招手，語重心長的說：「你見到我妹妹，一定要跟她說對不起！要不是你，她也不會模仿你自殺，身為公眾人物，怎能連這點自覺都不懂呢？你的一舉一動粉絲們都在看，我妹妹真的很愛你呢！就血債血還吧……來，我會很迅速解決你，不會讓你有太多痛苦……」

一說完，阿燦像隻失去理性的野獸，朝他們衝過來，即使白曜衍擅長打架，但意識和反應力都漸漸遲鈍，根本不是阿燦的對手。

阿燦猛地推開白曜衍，將他用力推撞到後方的矮櫃上，頓時發出碰的聲響。

沒有了白曜衍擋在前頭，池安冉像隻待宰的羔羊，無助地看著發瘋似的阿燦。

說時遲，那時快，阿燦舉起利刃，想要一口氣將池安冉解決掉。

「快跑啊！」無力移動雙腳的言允恩，只能朝池安冉大叫：「池安冉！」

池安冉勉強閃過這次的攻擊，他踉蹌地逃到角落去，瞪大雙眼，渾身劇烈顫抖。

由於阿燦的注意力全集中在池安冉一人身上，從矮櫃邊撐起身子的白曜衍，使盡全力趁隙從後面擒抱住阿燦的身軀，想將他拖離瑟縮在角落的池安冉。

「少來礙事！」阿燦發出狂吼，本來他已經要將刀子往池安冉身上砍，幸好白曜衍及時阻撓，刀鋒只劃傷池安冉的手臂。

阿燦奮力想甩開白曜衍的擒抱，但白曜衍咬著牙不肯放開，還拼命對池安冉大喊：「池安冉，你趕快跑，快逃走！」

「看來不先解決掉礙事的傢伙不行，反正你這混帳也有自殺紀錄，一定也是受到你朋友的不良影響！」

說完，阿燦的注意力突然轉移到白曜衍身上，他恨恨的發出冷笑聲，隨即拿起手上的刀子往白曜衍抱住他的手猛力刺下。

白曜衍發出一聲慘叫，因劇烈疼痛而倏地鬆開雙手，鮮血馬上從傷口噴濺而出。

「白曜衍！」言允恩急忙想要上前阻止，但雙腳卻使不上力。

阿燦側過身，伸腳狠狠往白曜衍身上踹一腳，讓白曜衍整個人再次跌撞在矮櫃邊。

就在白曜衍虛弱地抬起頭的那剎那間，阿燦一個箭步衝上前，用力將利刃往白曜衍的胸前刺去。

「不！」

言允恩和池安冉幾乎是同時發出淒厲的叫聲，他們都想阻止，但卻來不及。

「不、不可以！白曜衍——」

白曜衍聽見她痛不欲生的哭喊聲，為此感到深深的絕望。

胸口傳來一陣劇痛感，白曜衍竭力想撐住身子，卻無能為力，癱軟的身體只能順著矮櫃邊逐漸滑落，最後癱坐在地，鮮血不斷從傷口湧出，染紅了衣服。

言允恩驚恐的看著這一幕，她覺得眼前瞬間變得晦暗無聲，恨不得代替他去死。

最可悲的是，她連碰觸他的力氣都沒有，只能眼睜睜看著鮮血染紅他的身軀。強烈的無力感襲上她的心頭，她椎心泣血的哭著，淚如雨下。

「礙事的人沒了，」阿燦嘴角勾起譏諷的笑意，他用指腹抹拭噴濺到他臉上的鮮血，重新轉過頭來面對被這一幕震懾住的池安冉，並露出詭笑對池安冉說，「接下來，總算輪到你了。」

2

眼看著直滴鮮血的刀鋒即將冷酷地落在池安冉身上，霎時，砰的一聲，門倏地被從外面撬開來。

「警察！別動！」

闖進來的是幾名手持著槍的警察，大聲對阿燦咆哮：「趴下！不許動！」

阿燦仍不肯放棄，眼神中閃現一絲不想輕易就範的念頭，企圖想要挾持池安冉，但幸好警察速度比他還快，俐落無比地奪走他手上的刀，將他壓制在地上銬。

當警察成功制伏阿燦後，後方緊跟而來的是紮著馬尾叫做妍秀的女店員，她蹲下來焦急地對他們說：「撐著點，救護車馬上就來了！」

在意識逐漸模糊之際，白曜衍隱約聽見一旁言允恩愈來愈無力的虛弱哭叫聲，顯然在藥效的影響下，她也慢慢失去意識。

言允恩是三人中最早失去意識的，這也印證了白曜衍的猜測：阿燦果然在他們的飲料裡下了藥。白曜衍迅速回想起，當時在咖啡館時，言允恩把飲料全都喝光見底，而池安冉倒是喝了三分之二的量，至於白曜衍自己只喝了大約三分之一，就沒胃口了。

然而，因為鮮血不斷從傷口流出，他再也不確定虛弱是由於藥效發作，或者是止不住的血正在抽離他的生命。

恍惚中，視線模糊的他，看見池安冉拖著沉重不堪的身軀費力爬到他面前，並發出微弱的哭聲。抱持著深深的愧疚感，白曜衍對眼前傷心痛哭的池安冉說：「對不起，我把這個身體弄壞了……就照你說的，請你以白曜衍的身分活下去……」

他們一開始都犯下不肯原諒對方的錯，如今想想，浪費三年來的空白，太不值了。道歉和原諒應該都要趁早。

不應該逃避。

察覺死神步步逼近，白曜衍吃力地望著身旁已陷入昏迷的言允恩，想要將她看個仔細，盡收眼底。一幕幕曾經與她相擁相吻的場景，宛如走馬燈一樣在眼前播放著。他很不甘心，未來不管遇到什麼危險，都不能親手保護她了。

可是，這卻是他自找的，誰叫他，三年前逃避現實，逃避她，逃避池安冉。強烈的悔恨感襲上心頭。悔不當初。

他很想兌現永不放手的承諾，但沉重疲憊的身體卻不聽使喚。

比起死，更讓他害怕的是，他就快要失去她了。

語氣裡充滿著乞求，他懇求眼前的池安冉：「拜託你……以後……請你幫我好好保護她……」

「不、不要，絕對不要！」池安冉渾身顫抖，聲音哽咽，任性反駁道：「你是這世界上最有資格保護她的人！白曜衍！你不會死的！我會救你的！你答應過不會拋下我們不管！我們約好的！」

隱約間白曜衍彷彿還聽見池安冉說有辦法救他。

池安冉腦海裡快速閃現曲悠稍早前轉述威尼斯商人的那番話：「在古老的年代，硬幣的主人為了拯救摯友不惜犧牲性命。當時，硬幣曾被鮮血浸染，或許因而獲得了靈性，並附著了某種不可用常理解釋的神秘意念。」

對池安冉而言，此時，無疑正是驗證傳說及觸發硬幣功能的最關鍵時機，即使那可能要犧牲他的性命。

——笨蛋，你哪有什麼辦法？

——你和言允恩過得快樂就好。這就是我的遺言了。

白曜衍在內心焦急吶喊，喉嚨卻發不出聲音以阻止池安冉。

淚眼模糊之際，他看見池安冉從口袋裡掏出了那枚曲悠從威尼斯商人手中買下的硬幣。

那枚刻著雙面神的古硬幣。

——不是說已經沒辦法變回來了嗎？

——池安冉想做什麼？

白曜衍想阻止他，卻因為聲音和力氣完全使不出來，只能眼睜睜看著池安冉將手臂被劃傷所滲出的鮮血，塗抹在硬幣上。

深紅色的液體沿著硬幣上的圖騰順流，在鮮血的浸染下，硬幣上神祕的圖騰異常清晰，讓人不寒而慄。剎那間，硬幣發出一道既詭異卻又熟悉的奇特綠光，將他倆籠罩在一片詭譎的光芒中。

見到這一幕，白曜衍驀然感到一陣冷冽的寒意，脖子上的寒毛立刻豎起來了，他幾乎可預見池安冉預備要救活他所做的犧牲……

第一次靈魂轉換時所感受到的強烈撕裂痛楚，此時此刻以驚人的速度迅速蔓延全身。

然而這痛楚卻遠遠不及心痛——得知對方為自己犧牲，而自己卻無法阻止，這種無力的絕望與虛脫所產生的心痛，足足壓過靈魂被抽離的劇痛。

在闔上雙眼前，最後那一瞬間，他聽見池安冉輕聲對他說：「早就約定好了，不允許你食言，你要好好守護我們的允恩。」

3

幾個月後——

他們在言允恩雙親的墳上放了一束花。

白曜衍抱持著代替家族前來懺悔的心情，以及為了兌現向好朋友池安冉許下的承諾，更加堅定未來一定要永遠守護言允恩的決心。

「一旦失去過，就不想再失去。因為不想再次失去，所以要更懂得珍惜和把握。」

在搭車回家的路上，白曜衍聽見身旁緊緊依偎他的言允恩輕聲呢喃。

他終於深切明白，要留住得來不易的幸福，並不是透過割捨，而是要透過追求和把握。

幸福，需要付出足夠的勇氣和決心來爭取。

等到失去，再來懺悔和悔恨，就太遲了。

回想事發後前往警局做筆錄的時候，遇見當時報警的咖啡館女店員妍秀，她的心情與他們一樣，只要一想起在那間老式公寓發生的事件仍心有餘悸。

她說起初她聽見阿燦提起妹妹的事時，便感到不太對勁，但卻始終提不起勇氣告訴他們阿燦的妹妹早已在兩年前過世的事實。除此之外，她也以為藝人白曜衍不會真的現身。

後來，當她聽見他們準備去探視早已不存在的妹妹時，她才驚覺事態不妙，在與咖啡館店長商量後，決定報警處理。

當晚警方獲報後，由於阿燦之前早背有恐嚇、傷害等前科，且專挑明星藝人下手，便刻不容緩地趕往公寓攻堅。

而阿燦那可憐的妹妹是「維特效應」下的受害者，沒想到一心一意想為妹妹復仇的阿燦卻反成為加害者。

那天深夜，當白曜衍和言允恩在醫院醒來後，白曜衍發覺自己已變回原本的身體，除了那道被劃傷的輕微傷痕外，沒有任何大礙。躺在隔壁病床的言允恩也一樣，幾乎可說是毫髮無傷。

事件過後沒多久，白曜衍在經紀公司的陪同下，召開記者會，公開澄清被誤傳為自殺輕生的事件真相，同時也對社會大眾致歉作了不正確的示範，承諾未來會以此為戒，好好珍惜珍貴的生命和守護所愛的人。

「你還在想那些憂傷的事嗎？」

當他正陷入沉思時，身旁的言允恩抬起頭看他，神情流露不捨和擔憂。

她握緊他的手叮囑道：「為了不再後悔，從今以後，我們要好好把握未來的每一刻。然後，我們就會有許多美好的事可以想，可以用來彌補過去三年的空缺。」

4

回到池家後，白曜衍習慣性推開門走進池安冉的房間。

雖然與池安冉交換靈魂的時間不長，可是，這間臥房卻變得很熟悉，令人留戀。因為，白曜衍正是在這間房間的藏寶箱裡，重新尋獲昔日三人羈絆的美好回憶。池安冉將回憶收藏得很好，那都是小狗狗般的他叼回來最珍惜的寶物，意義重大。

掩上門，跟在白曜衍身後走進來的言允恩，越過他，直直走到池安冉的書桌前。她從疊得高高的餅乾鐵盒中，拿起擺在最上面的一個，若有所思地說：「這些鐵盒，應該綽綽有餘吧？至於餅乾一定要在期限內吃完才行……」

「應該吧，不過，要把裡面的手工餅乾吃完，就不是我的任務了。」倚靠在牆邊的白曜衍，雙手抱胸，聳聳肩，言不由衷地說：「那些餅乾應該很甜，不好吃。何況，我又不是螞蟻。」

「騙人，我知道你其實喜歡甜食。」言允恩打開手上的鐵盒，從中拿出一塊造型可愛的奶油香草夾心餅，朝他湊近，不懷好意地說：「我觀察過，你只是口是心非，忍著不吃。哪有人嘴裡說討厭吃甜食，眼睛卻不停偷瞄？幹嘛那麼逞強？來，吃一口吧！」

趁著她想將手上的餅乾餵食到他嘴裡之際，白曜衍以令她措手不及的速度，執起她的手，旋即轉過身將她按壓在牆上。

單手撐在牆上，另一手撫上她仍驚魂未甫的臉龐，他挑眉，惡劣地對她說：「沒錯，我確實想吃一口。」

「白曜衍！你幹嘛？我是說餅——」她大叫，嘗試想掙脫。

可是，他卻不讓她還嘴。

白曜衍一手按住她的後腦杓，溫熱的唇吻上她誘人香甜的唇瓣。

他灼熱的氣息令她目眩神迷，情不自禁沉醉其中，在耳際拂過的是兩人紊亂的呼吸聲和怦怦亂跳的心跳聲。

「怎樣？被我白曜衍本人親吻的感受，比起被壞狗狗池安冉親的感覺來得好吧？」

半晌，捧起她泛起紅暈的臉蛋，見她緊張到說不出話來，白曜衍嘴角勾起一抹邪魅的弧度，不安好心眼追問：「看起來好像真的很享受……看來在妳眼中，我的魅力果真無人能及吧？」

「少得意忘形了！」她氣鼓鼓說，伸手輕彈了一下他的額頭：「我記得我和你在三年前就分手了！」

「那要怎樣妳才願意跟我復合？」

「等我想到再跟你說！」

「我現在就想知道。」他急切地說。

言允恩垂下目光，緊盯地板，猶豫好一陣子才說：「好吧，既然這樣，我心中一直有個疑惑，想當面問清楚。」

「什麼疑惑？」他滿頭霧水。

「我……我……」她遲遲說不出口，咬緊下唇，光是想到那個疑惑便覺得丟臉。

「快說啊！」他催促。

「我……好吧！曜衍，打從第一眼起，你、你真的覺得我長得很好笑嗎？要老實說才行，不可以因為想復合就騙我！」她緊閉雙眼，雙手摀住臉，困窘大叫。

白曜衍感到有點吃驚，他從不知道原來她這麼在意這件事。

見他不吭聲，她偷偷睜開眼睛，透過指縫偷瞄他臉上的表情。

一發現他正聚精會神地注視她的臉瞧，她羞窘又無奈的嘆了嘆氣，再次摀住了臉，恨不得挖個地洞躲起來。

「妳是真的想知道？」

她猛點頭，懊惱逼問：「快回答呀！笨蛋！」

他眼底含笑，將她的雙手從她臉上移開，然後，湊近她臉龐，深深凝視她的雙眼，緩緩低聲答道：「那，我就坦白跟妳說，其實——」

刷的一聲，房門冷不防被打開，受到驚嚇的他們一下子跳離彼此，不約而同轉頭望去，兩人臉上都露出做虧心事的錯愕表情，定睛注視闖進房內的那抹身影。

「你們躲在房裡做什麼？」口氣飽含質疑，興師問罪的意味濃厚。

5

「這可是我的房間耶！不是你們打情罵俏的地方！」

進門的不是別人，而是這間房間原本的主人——池安冉。

池安冉怒氣沖沖，瞪視滿臉作賊心虛的他們。

池安冉一大早就陪著池爸池媽去公園散步，他們本以為他會遲個十幾分鐘才回來，沒想到比預期的時間還要早。

回想起事發當天，醫護人員及時趕到現場，緊急將他們送上救護車送醫，並為靈魂回到原本身體的池安冉進行了緊急手術。

醫生說，幸好那一刀並未刺中要害，算是不幸中的大幸。

在醫護人員悉心的照料及所愛的親友陪伴下，池安冉恢復得很快。

經過幾個月的住院與調養，出院後的池安冉，康復得像隻活蹦亂跳的小狗狗，只要逮到機會就黏在白曜衍和言允恩身邊汪汪叫。

白曜衍強詞奪理的朝池安冉吼了回去：「有什麼關係？是你當初說好要我以你的名義過活，所以這間房間有一半算是我的吧？」

「對啊！居然還敢騙我們說永遠都變不回來了！」言允恩雙手叉腰，跟著回嗆池安冉。

「因為……因為白曜衍當初狠心拋下我們，我當然也要給點小懲罰，否則萬一他學不乖怎麼辦？」池安冉愈說愈小聲，別過臉去，用幾乎快聽不見的細微聲音咕噥道：「而且，那天離開包廂時，我本來要說，哪知道你們……急著要去見——」

忽然間，池安冉視線往下，注意到那塊掉在地上的餅乾，他俯下身，撿起來，不假思索地塞進自己的嘴巴。

「喂、喂！池安冉！你在幹嘛？很髒耶！」言允恩想上前制止，但說時遲，那時快，餅乾已經被猶如貪吃狗狗的池安冉一口吞下。

白曜衍身子斜倚在牆上，翻翻白眼，不想多說什麼，對眼前這一幕只能搖頭嘆氣。

同時，他心裡默默地發出埋怨，那塊餅乾被池安冉吃掉實在有點可惜。本來是言允恩親手要餵他吃的。這也沒辦法，誰叫比起美味的餅乾，言允恩的吻更加可口誘人，讓他每次看到都忍不住想一親芳澤。

一想到此，他的耳朵又不由自主紅了起來，雙頰發燙。

「聽說掉在地上的食物，只要趕快撿起來吃就不會髒。」池安冉說著歪理，舔舔嘴唇，活像個吃貨。

「……是要在五秒內撿起來。」言允恩不由自主認真起來，歪著頭思考：「不……應該是要在三秒內……」

白曜衍終於聽不下去，他扯開喉嚨開罵：「喂！你們兩個是腦殘嗎？不管是多久，只要是掉在地上都會沾上細菌！所以，這種行為——」

「總不能浪費食物吧？」池安冉繼續狡辯。

——嗶！

屋外傳出一道響亮的車喇叭短鳴聲，適時地打斷他們的爭辯。

這時，白曜衍的手機也跟著響起，他從口袋裡掏出手機，看也不看的就拿起手機附在耳旁說：「好啦，曲悠哥，別催了，我們準備從屋裡出來了。」

6

一行人興高采烈坐上曲悠的車，車子尚未重新發動前，充當司機的曲悠從駕駛座回過頭來，指著硬是擠在白曜衍和言允恩兩人中間的池安冉說：「安冉弟弟，乖乖坐到哥哥旁邊，他們是熱戀中的情侶，你是想湊什麼熱鬧？」

池安冉這才摸摸鼻子，溫順下車，坐到曲悠身旁的副駕駛座。

這一天，他們約好了要一起去久違的遊樂園玩耍，好好放鬆一下疲憊的心情。

路途中，白曜衍好奇地問：「哥，你今天來得好早，不是約好下午才去嗎？」

「沒辦法，我最愛的地方就是遊樂園，我太期待了——」

說完後，童心未泯的曲悠瞄了一眼後照鏡，旋即他像是想到什麼有趣的事發出憋笑聲。

「曲悠哥在笑什麼？」言允恩困惑地問，轉頭想尋求白曜衍的答案，但白曜衍也露出不知所以然的疑惑神情。

「什麼事情那麼好笑？」白曜衍往前座曲悠的頭上輕敲一記，「快說！」

「沒有啦，我只是剛好想到一件事。」曲悠瞥了一眼隔壁正皺起眉頭的池安冉，笑咪咪地補充道：「跟你們三人有關。」

「到底……到底是什麼……什麼？」池安冉不安的望向他，結結巴巴問。他的心裡產生一股不祥的預感，擔心曲悠即將要洩漏他的祕密。

停紅綠燈時，曲悠邊笑邊說：「我只是沒料到，曜衍和允恩的初吻都獻給了安冉，這還挺有趣的！我曾私下問過安冉你們三人的關係，當時正在氣頭上的他一不小心就說溜嘴了，哈哈！的確，想一想，這還滿值得炫耀的！要是被曜衍的粉絲知道了，不知道他們的反應會——」

池安冉驚慌失措大喊：「你、你不是答應過我不會再就這件事情——」

「池安冉！你真的很無聊！連這種事情都可以拿來說嘴？」言允恩沒好氣的說。

「哼，我何時說過那是我的初吻了？明明才是言允恩的初吻！」白曜衍愛面子的吼道，他斜睨池安冉的後腦杓，語氣中滿是責備，「池安冉，你坦白告訴我，三年前在園遊會上，你到底是不是故意親她？」

「我……我……」池安冉漲紅臉，支支吾吾回答不出來。

「下車之後你就死定了，池安冉！」白曜衍摩拳擦掌。

「算了吧，別生氣了，要是沒有池安冉，我們也不可能那麼快交往呀！」言允恩連忙緩頰。

「說得沒錯，放過安冉弟弟吧。更何況，確切來說，他不是你的對手……更不是敵人……而是……」曲悠故作玄虛，話中有話，隨即還放聲大笑。

「而是什麼？」白曜衍不耐的怒吼。

「曲悠哥，你開車還是專心一點。」言允恩不忘提醒。

池安冉靜默不語，不敢大意。

曲悠忽然收起笑容說：「對了，你們想知道我當初想幫助你們的理由嗎？」

「嗯？」白曜衍總覺得曲悠故意藉機岔開話題，但對此也沒表示什麼。

池安冉坐立不安，擔憂曲悠會再次爆出驚人之語。

「理由其實很簡單，我被你們的情誼打動，很羨慕你們之間擁有的羈絆，」曲悠瞥了一眼後照鏡：「當時，安冉弟弟從醫院醒來時，鬧著要自殘，沒想到當他一看到鏡中人不是自己，而是曜衍時，便馬上打消念頭，還迫切地想確認朋友的安危。所以，我才會在同情心氾濫下，協助他去見你們。說實在的，打從我認識曜衍的第一刻起，就覺得你始終被濃濃的憂愁束縛著，雖然不明白所以然，但是我真的打從心裡很想幫助你。幸好，後來出現那枚珍貴至寶——」

「哥，你所說的至寶，」白曜衍蹙眉插嘴道：「該不會是那枚害我們差點就——」

「對啊，為了替你們調查清楚，我費盡千辛萬苦才找到那名威尼斯商人。他說那枚硬幣之前有一段淵源，不過那故事很長，就不再囉嗦了，總之，那枚硬幣照理來說，只有心靈相通的時候，才會發揮功效。對了，對了！那位好心的商人後來又賣給我一樣新的小玩意，你們想看嗎？我可以——」

曲悠一手按著方向盤，另一隻手探進長大衣口袋，想拿出不久前剛從義大利買來的紀念品。

他們三人很有默契互看一眼，沒來由起了一陣雞皮疙瘩，不等曲悠說完，便異口同聲朝曲悠大喊：「不用了！」

7

來到人潮滿滿的遊樂園，一夥人踏著興奮雀躍的步伐，沉浸於愉悅氛圍中，不僅在園區的餐廳享用了一頓豐盛美味的午餐，還幾乎玩遍所有的遊樂設施。

白曜衍和曲悠穿著低調，刻意掩飾藝人身分，一行人玩得很起勁。

曲悠也自願擔任攝影師，替他們拍下許多足以將鐵盒塞得滿滿的相片。

正當白曜衍苦無找不到機會與言允恩獨處之際，來到摩天輪前，曲悠突然拍了一下白曜衍的背，嘴角勾起微笑說：「該是你們獨處的時候了，我和安冉弟弟先去其他地方晃晃，待會再回來找你們。」

「好，那我們就暫時分開行動吧。」一聽見電燈泡要自動迴避，白曜衍不假思索同意了。

「曲悠哥想去哪晃晃……？」池安冉興奮地左顧右盼，旋即瞥見不遠處的美食攤，眼中立即閃現期待的光芒：「去那裡，如何？」

曲悠沒空回答，忙著提醒白曜衍：「轉動一圈的時間大概才十幾分，你可千萬別做太超過的事。」

白曜衍面紅耳赤大嚷：「廢、廢話！」

言允恩也跟著臉紅起來，沒來由地心跳加速，卻不發一語。

「好啦，那祝你們一切順利。」

說完後，曲悠就拉著池安冉，邁開步伐往美食攤前進。

「順利啥啊？白痴！」白曜衍朝他們的背影咕噥。

他們在排隊的人潮中，等候好幾十分鐘，終於如願以償坐上摩天輪。

踏進摩天輪的透明景觀艙裡，一坐下，白曜衍馬上摘下遮掩身分的帽子和墨鏡，嘆了口氣說：「該死的電燈泡！一個池安冉就算了，又來了個曲悠！」

「他們兩個感情很融洽，算是好事一樁吧！」

「算是吧，至少曲悠哥很有本事，有能耐管得動我們的小狗狗。」

回想這幾個月以來，他們幾乎沒有太多時間能私下獨處，就算有，時間也很短暫。

除了那件誤傳自殺的事件，加上池安冉擅闖學校的小插曲外，在工作上接連所引發的一連串風波也要忙著處理，另外還得稍微費心於先前暫時停擺的課業。而這段時間他們還得到醫院輪流照料、探視池安冉。

總算，今天好不容易能在忙碌的生活中喘口氣，他們都很開心。

隔沒幾秒，言允恩忽然改以嚴肅的語氣說：「你還沒回答我的問題。」

「什麼問題？」

「你居然忘了！」懲罰似地用手輕拍他的膝蓋，她羞窘嘀咕道：「就是你對我的第一眼印象。我想知道打從一開始，你是不是真的覺得我長得很好笑……」

白曜衍欣賞她可愛的反應，故意惡作劇說：「坦白說，是真的挺好笑的……」

「所以，真的很好笑？」她雙手摀住臉頰，緊閉雙眼，感到很受傷。

「是啊，」他學著她上午那樣，輕彈了一記她的額頭，示意要她睜開眼睛：「我是說，三年前我們初次見面的那天，妳身上穿的那件蓬蓬裙真的很好笑。」

她訝異地睜開雙眼，一臉驚愕。

白曜衍回想起那段往事，忍不住莞爾一笑。

言允恩一點也不覺得那件裙子好笑，當時她超級喜歡那件裙子。

白曜衍繼續說下去：「只不過，那件好笑的蓬蓬裙，穿在妳身上，就一點也不好笑了。因為，妳是我見過這世界上最漂亮、最可愛的女孩。畢竟，妳可是我白曜衍的初戀情人耶！怎麼能不特別？我只對妳心動。」

「你、你幹嘛啊？」聽見他的讚美，她滿臉通紅，不知所措。

沒幾秒，她懷疑其中有詐，緊張地問：「你該不會是因為想復合，所以故意說些好聽的話來哄騙我？你在演藝圈，怎麼可能沒見過比我漂亮的人？」

「我說的都是真的，妳真的很漂亮，」他發自內心讚嘆，專注凝視她：「在我眼中，妳是最迷人、最璀璨的那顆星，沒有人比得過妳。」

見他神情如此認真，她低下頭，嘀咕道：「……好吧。」

「好吧？什麼意思？意思是我們可以復合了嗎？」白曜衍皺起眉頭問，心急如焚。

他已經接連好幾個禮拜，苦苦央求她與他復合了。

沉默半晌後，她終於開口：「只要你對我的蓬蓬裙道歉，我就原諒你……然後，我們就重新交往。」

「真是的！」他咕噥。

「快說呀！對蓬蓬裙的主人道歉，我回家之後，會轉告給我的蓬蓬裙聽。」

兩手一攤，他慵懶地對著空氣說：「……好，我道歉就是了，真的很抱歉啊，可笑的蓬蓬裙，我不該笑妳的。」

「奇怪，聽起來怎麼沒有誠意？」言允恩憋住笑意，佯裝生氣的說。

「好啦！我真心對蓬蓬裙懺悔，抱歉了，美麗的蓬蓬裙，不該笑妳的。」

「這還差不多！」

「那，我們重新交往吧？好不好？」白曜衍執起她的手親吻，並將她的手放在他胸前，想讓她感受他的心如此瘋狂為她跳動，希望她能感受他的真誠。

她害羞地點點頭，終於同意了他的請求。

兩人相視而笑。

等待摩天輪逐漸升上高空的同時，他們靜默不語，享受著這美好的一刻。

忽然間，白曜衍將視線從窗外移回艙內，定睛注視著與他面對面坐著的言允恩說：「允恩，我好擔心這是一場夢。事實上，三年來，我很害怕作夢。自從那天分開後，我老是失眠。我害怕睡覺的時候會夢到妳。因為害怕夢見妳，所以連夢都不敢夢，連想都不敢想。從來也沒想到會有這麼一天……我們三個人，我們有辦法再次重逢。我好怕這是一場虛無的夢。」

她眼眶發紅，不捨地伸手輕撫他俊美的臉龐，輕聲細語對他說：「既然過去的回憶都能坦然以對了，從今以後，我們就專注於當下和未來吧。我要你答應我，以後，不管發生什麼事，無論是最憂傷的時候，或者是最快樂的時刻，我們都要在一起，不能再逃開，好嗎？」

「我答應妳。絕對會永遠陪在妳身旁，也會和池安冉永遠都是好朋友。我絕對不會像以前那樣，逃避現實。」

「曜衍，你知道嗎？每次吵架後，我都會希望馬上和好，因為我一點也不想浪費時間在悲傷的事情。我們要記取悲傷帶來的教訓，但要記得多留點時間在快樂的事情上，懂嗎？」

「我明白了，」一接觸到她真摯的眼神，他又有所感觸的說：「說起來，以前我曾幼稚地羨慕倒地不起的池安冉……妳可能會覺得好笑，但我也希望妳能像擔心池安冉那樣擔心我。單純只是那樣。可是，那晚在阿燦的公寓，生命垂危之際，我才澈底領悟，這世界上最令人心痛的事，不是死亡，而是當妳呼喚我時，我卻再也無法保護妳了……若我死了，就沒辦法止住妳的悲痛。霎那間，我終於了解幸福的真正涵義。只要有想保護的人，自己也有辦法保護對方時，就會感到幸福。而為了留住幸福，就是盡可能陪伴在彼此身邊。謝謝妳始終沒有放棄我，相隔三年的重逢，我很感謝妳，依然如此愛我，一如我始終深愛著妳。」

當白曜衍滔滔不絕地說完自己內心的感觸後，她忽然湊上前來，主動吻了他。

他訝然，掩不住受寵若驚的驚喜神情。

「這次換我讓你吃驚一下，如何？喜歡這個吻嗎？」她也學起他上午的那番話，有模有樣地說：「看來你很享受，所以你果然很喜歡我。在你眼中，我很有魅力。」

他坐到她身旁，輕輕拭去她的淚水，並將她擁入懷裡。

靜默片刻後，他對依偎在懷中的她說：「有件事，我也一直都很想知道。」

「哪件事？」她好奇地仰頭看他。

「我和池安冉交換靈魂時，妳是從什麼時候開始認出我，才真的相信我是白曜衍？雖然妳說過是因為我比池安冉幼稚，所以才認出是我，但我不相信。總覺得好像更早……」他喃喃低語，若有所思。

她笑了笑，頑皮地指著他的唇說：「我要好好想一想……你要不要提醒我一下？」

沒幾秒，他也跟著笑出聲。

他赫然想起靈魂交換後住進池家的那一晚，在池安冉的房間，他為了使她記起自己，與她的那一次深情又熾熱的吻——重現三年前園遊會那天，兩人在圖書館自習室第一次的親吻，羞澀又帶著夢幻般幸福的吻。

「那樣，會幫助妳想起什麼嗎？」他故作疑惑的問。

「想起什麼？」她仰起頭問，佯裝不解。

「想起妳的答案。」他深情地說。

輕輕捧起她的臉，白曜衍微笑，低下頭吻住她溫軟的唇瓣，流連忘返，吻了又吻，每一次的吻都如此溫柔真切。

寂靜的艙內，兩人劇烈的心跳聲和急促的呼吸聲清晰迴盪耳際。

她情不自禁摟住他的頸項，以同樣深情的方式回應他。

幸福滿溢的他們，熱切地想從彼此身上汲取更多的溫度。

睜開雙眼後，相互凝望彼此，終於，他聽見了她的答案：「不只是吻，其實還有你的眼神，你說話的口吻，你的喜怒哀樂，在在都提醒我，那是你。我最愛的你，最耀眼的你。」

有那麼一瞬間，他感動到說不出話來，感受到前所未有的幸福和溫暖包圍著他們。

他緊張到差點忘了呼吸，只能用同樣熱切的眼神回望著她。

她的臉上漾起幸福的笑意，以一語雙關的俏皮語調在他懷中輕聲呢喃：「在我眼中，不管過了多久，發生任何事，你都一如往昔，耀眼奪目。白曜衍，專屬於我的耀眼王子。你要永遠愛著屬於耀眼的我，就像我那麼愛你一樣。」

而他緊緊擁著她，以最溫柔的口吻在她耳畔輕聲說：「而妳，我最親愛的言允恩，我會永遠愛著妳，也會永遠陪著妳。妳是我耀眼的光，我一定會努力讓妳成為這世界上最幸福的女孩。」

他們都知道，從今以後，在未來的日子裡，不管是在最憂傷或是最快樂的時刻，自始自終，彼此都會不離不棄地陪伴左右。

——妳，屬於耀眼的妳，始終帶著光，照亮我永不再孤單寂寞的幸福世界。

—全文完—

後記

大家好，我是謙緒！

首先，非常感謝秀威出版社及出版團隊，尤其是非常感謝親愛的慈蓉編輯大人為這本書所付出的心血和辛勞，並給予我最專業寶貴的建議和指導，讓這部作品得以用最美好的樣子呈現在各位面前，在此致上誠摯的謝意！

最初創作的構想，是想寫一個圍繞在三人之間情感與羈絆的故事。說是三角戀，也不全然是這麼一回事，而是一種介於愛情、友情曖昧不清的處境，及其所產生的衝突與矛盾，並非單純的三角戀愛。

而這個故事，並不純粹只是一個故事，而是期盼透過隱含在字裡行間的問題或議題，引人省思，希望能讓身為讀者的你，從中獲得深層啟發。例如，故事中的主要人物，他們對幸福的認知各異。那麼你呢？對你來說，幸福是什麼呢？每個人對此會有不同詮釋，也影響我們在人生旅途中所作的每一次選擇——而選擇無所不在，沒有絕對的對錯。不管怎樣，我們都希望每一次選擇，引領我們走向可能獲得幸福的未來。

每當構思新故事時，我通常習慣先將人物的名字想好，再開始動筆。當角色的人名確定後，他們已然有了自己的生命，書中的對話和故事線都是由此開展而來，而我則負責敘說屬於他們的故事。因此，對我而言，即使故事翻到最後一頁，但我相信他們仍繼續活著，新的故事總是會一直延續下去。

在故事中，安排了過去與現在的對照穿插。很顯然的，時間非但無法撫平傷痛，反而讓未癒合的傷口，顯得更加棘手。過去的白曜衍，所逃避的問題，還得留待現在的他來解決。但解決之道在於，他需放下內心的成見，好好面對問題本身。對此，刻有雙面神的硬幣發揮了很大的功用，誠如言允恩所言，若非透過靈魂交換，白曜衍恐怕一生都可能永遠對他們避而不見，這將成為他們人生中最大的遺憾。

然而，在現實生活中，人們時常會在失去後才更懂得珍惜，在生離死別之際才真正領悟到可能留下的遺憾。事實上，故事人物在絢爛青春中所經歷的苦澀成長和體悟，都可以是我們生活上的借鏡。

最後，感謝購買這本書的你，希望你會喜歡這個故事，期待我們再次見面！

要青春61　PG2296

要有光 FIAT LUX

OH！我親愛的變身男友！

作　　者　謙　緒
責任編輯　陳慈蓉
圖文排版　林宛榆
封面設計　蔡瑋筠

出版策劃　要有光
發 行 人　宋政坤
法律顧問　毛國樑　律師
印製發行　秀威資訊科技股份有限公司
114台北市內湖區瑞光路76巷65號1樓
電話：+886-2-2796-3638　傳真：+886-2-2796-1377
http://www.showwe.com.tw
劃撥帳號　19563868　戶名：秀威資訊科技股份有限公司
讀者服務信箱：service@showwe.com.tw
展售門市　國家書店（松江門市）
104台北市中山區松江路209號1樓
電話：+886-2-2518-0207　傳真：+886-2-2518-0778
網路訂購　秀威網路書店：https://store.showwe.tw
國家網路書店：https://www.govbooks.com.tw
總 經 銷　聯合發行股份有限公司
231新北市新店區寶橋路235巷6弄6號4F
電話：+886-2-2917-8022　傳真：+886-2-2915-6275

出版日期　2020年01月　BOD一版
定　　價　300元

Printed in Taiwan

國家圖書館出版品預行編目

Oh!我親愛的變身男友! / 謙緒著. -- 一版. -- 臺北市 :
要有光, 2020.01
面 ;　公分. -- (要青春 ; 61)
BOD版
ISBN 978-986-6992-30-8(平裝)

863.57　　108019583

讀者回函卡

感謝您購買本書，為提升服務品質，請填妥以下資料，將讀者回函卡直接寄回或傳真本公司，收到您的寶貴意見後，我們會收藏記錄及檢討，謝謝！如您需要了解本公司最新出版書目、購書優惠或企劃活動，歡迎您上網查詢或下載相關資料：http:// www.showwe.com.tw

您購買的書名：________________________________

出生日期：________年________月________日

學歷：□高中（含）以下　□大專　□研究所（含）以上

職業：□製造業　□金融業　□資訊業　□軍警　□傳播業　□自由業

□服務業　□公務員　□教職　□學生　□家管　□其它_____

購書地點：□網路書店　□實體書店　□書展　□郵購　□贈閱　□其他

您從何得知本書的消息？

□網路書店　□實體書店　□網路搜尋　□電子報　□書訊　□雜誌

□傳播媒體　□親友推薦　□網站推薦　□部落格　□其他__________

您對本書的評價：（請填代號　1.非常滿意　2.滿意　3.尚可　4.再改進）

封面設計____　版面編排____　內容____　文／譯筆____　價格____

讀完書後您覺得：

□很有收穫　□有收穫　□收穫不多　□沒收穫

對我們的建議：________________________________

____

____

____

請貼
郵票

11466
台北市內湖區瑞光路 76 巷 65 號 1 樓

秀威資訊科技股份有限公司 收

BOD 數位出版事業部

(請沿線對折寄回，謝謝！)

姓　　名：____________　年齡：______　性別：□女　□男

郵遞區號：□□□□□

地　　址：________________________

聯絡電話：(日)____________ (夜)____________

E-mail：________________________